天坛新六十记

肖复兴 著

北京出版集团
北京十月文艺出版社

自　序

我的上一本书《天坛六十记》，是2019年8月初到2020年1月初写成的。写完这本书之后，去天坛的当天晚上，在电视上看到钟南山，知道武汉暴发了疫情，便一直宅在家中。再去天坛，是四个月后的4月底，已物是人非，心情迥异，只有天坛处变不惊，依然如故，辉煌的祈年殿巍然矗立，阅尽春秋，不动声色地看着渺小的我们这些芸芸众生。满园的二月兰正在怒放，挥洒着一地绚烂而坚强的心情。看到这一切，我感到震惊，忽然觉得，大自然是我们人类的导师；天坛是让我们时刻记得，这个世界上有值得我们警醒和参谒的高处。

回到家，我写下了一则感想。当时，并没有想到可以接着《天坛六十记》，再写一本新书，只是写得渐多，算是聚沙成塔，时间的馈赠吧，才萌生了续写一本《天坛新六十记》的想法。

因家离天坛不远，退休之后，无所事事，我常到天坛来。起初来天坛，不为写文章，只为画画，散散心，消磨时光。没有想到，你画画，会有人看画，由此而来，又会有人和你说话。

即使画得再不成样子，画居然也意外地成为一座座小桥，沟通了彼此的往来，似乎大家都不希望孤独，而渴望交流。陌生人之间，擦肩而过是一种形式，相互交流也是一种方式。

忽然发现，如果说天坛像一方舞台，演出的绝对不是哑剧。众多的游人，尽管素不相识，如同来自不同地方各自独立的一颗颗水珠，但天坛却像一泓清泉或一条河流，让这些水珠在这里流淌、交汇、碰撞，单独的水珠和水珠之间，便有了奇特的交融。在画画中，我结识不少人，听他们聊天，与他们交流，便是这样交融方式的一种。不由得扩大了我的视野，蔓延出我的心际，时有收益，便有感而发，随手记一点笔记，属于搂草打兔子，让单薄的画多了一些内容或画外音。我戏称之"画为媒"。

《天坛六十记》就是这样写成的。《天坛新六十记》也是这样写成的。只是，前一本写了半年，这一本从2020年4月底到2022年10月底，断断续续，不紧不慢，写了两年半的时间，文字比前一本多了三万余字。一册册拙劣的画本，如同一个个水罐，虽是浅浅地却也清澈地盛放着这两年半的时间，和时间里曾经荡漾着的活生生的人与事，情和景，思及悟。

望着天坛苍郁森森的古柏树林，望着祈年殿汉白玉栏前阶下的广场，望着丹陛桥上由低到高长长的御道，让我感慨无尽的时间，在这里如水一样流逝，又回溯流淌到我的脚下。在它们的面前，人是多么渺小，如芥如尘，而天在这里被作为祭拜的神一样的存在，是多么又高又大，又无边无际。

我写天坛，不仅仅是写天坛之景，更多的是写天坛里的芸芸众生，写天坛作为皇家的祭坛，是如何演进并演变成为人民的园林的。在这种由时代所演进和演变的历史进程和背景中，不仅有天坛空间对于普通百姓一步步的开放，还有人对时间和空间新的利用、占有和定义。也就是说，在这样的人与时间、空间三位一体的纵横交错和相互作用中，书写天坛和芸芸众生尤其是和北京人如今的密切关系。在这样如丝似缕密织一起的关系图谱中，有上一代人的回忆，有新一代人的心绪；有时代的倒影，有历史的叙述；有现在进行时态的跌宕起伏，也有我自己所思所想所忆中雪泥鸿爪的痕迹。即便绝无消息传青鸟，却也衬出春心带草痕。

是的，天坛只是背景，并不是主角，来天坛的这些普通百姓才是主角。我的书中主要写的是他们。他们给予我很多，让我面对天坛，那样地感动和感喟；让我在这疫情不止世事动荡的两年半时间里，过得自以为充实一些。

我的一位远方的朋友写的一首诗中说：

　　世界仿佛不只有田野，
　　还有故事。

我可以说：

　　世界仿佛不只有天坛，
　　还有故事。

俄罗斯诗人茨维塔耶娃写的一首诗中说：

> 公爵的身后是一个宗族，六翼天使身后
> 是大众，
> 每个人的身后都有数千个和他一样的人。

我可以说：我在天坛遇到的每一个人的身后，都有数千个和他一样和我一样的人。在祈年殿的身前身后，是这样数千数万大众。从某种程度上讲，他们和天坛才匹配，没有了他们，再伟岸的天坛，也只是一座空坛，只存在苍老的历史，没有新鲜的生命。书写他们，其实就是写我自己，写更多和我们一样的人。天坛，只是存放这些人这些故事这些心绪的一方圣坛。

在写作方式上，我依然坚持的是前一本《天坛六十记》的原则，即布罗茨基所强调的那种创作原则："意识中所产生的自然法则。""也可以这么说，这是粘贴画和蒙太奇的原则。"他同时强调说，这是"浓缩的原则，一个非常重要的原则。倘若你开始用类似浓缩的方式写作，全都一样，不管你愿意不愿意，写得都很短"。对于如今被资讯焦虑与生活快节奏所簇拥裹挟的读者，布罗茨基一言以蔽之："纯文学的实质就是短诗。我们大家都知道，现代人所谓的attention span（意为一个人能够集中注意力于某事的时间）都极为短暂。"我深以为然，一直坚持，因为我知道，大多数人的阅读，已经没有那么长久的耐心。

同时，书中加入了我画天坛的一些画，虽然画得不好，却也是一份心情,是这两年半去天坛时的一点收获,是天坛给予我的一份难得的馈赠。

希望这本《天坛新六十记》,比前一本《天坛六十记》,写得多少有些进步。即使写不成天坛的交响,起码是一支回旋曲。

感谢北京十月文艺出版社出版这本小书。感谢读者朋友在偶然间读到这本小书。希望你们喜欢,希望你们批评,希望你们再到天坛,能够看到你自己以及你身后数千个和你一样的人的影子和故事。

2022 年 11 月 1 日于北京

目录

1 重返天坛	——	001
2 约会的距离	——	006
3 黄蔷薇	——	012
4 暖阳下打个盹儿	——	018
5 百花亭前	——	021
6 垂花门	——	025
7 家住肖村	——	029
8 简单的乐儿	——	034
9 白头宫女在	——	038
10 丁字步	——	042
11 四个女人	——	049
12 狐臭	——	052
13 女画家	——	057
14 春天早晨的诗	——	061
15 双枪老太婆	——	068
16 花椒木手杖	——	073
17 风景怎么带走	——	079
18 沧桑的杏林	——	082
19 此情可待成追忆	——	086
20 童老师	——	090

目 录 001

21 疙瘩汤	094
22 天坛小唱	098
23 方胜亭私语	105
24 红风衣女人	110
25 天坛福饮	114
26 圜丘之西	116
27 紫罗兰色拉杆箱	120
28 轮椅上的老爷子	123
29 初雪后的舞蹈	126
30 失而复得的手机	129
31 晒太阳的教授	132
32 天坛的花鸟	136
33 天坛的山	141
34 天坛报栏	144
35 天坛藤萝架	147
36 祈年殿舞会	154
37 空椅子	157
38 春雪邂逅	160
39 晨练	165
40 早春的早晨	170

编号	标题	页码
41	护工	173
42	古柏下	179
43	梵音鼓	184
44	妇女节的庆祝	186
45	一个人的节日	191
46	重逢	194
47	秋山图	198
48	找一棵树	205
49	谁演得最好	210
50	丁香花丛	216
51	芍药花开	222
52	东天门前	227
53	理发师	233
54	老同学	240
55	槐花雨	248
56	秋天奏鸣曲	257
57	三角梅	265
58	七星石	270
59	单反和手机	275
60	天心石	281

1　重返天坛

让一场突如其来的疫情闹得，宅在家里，好久没去天坛了。其实，天坛没有封闭，一直敞开大门对外开放。相比脆弱而渺小的人，沧海横流，天坛方显英雄本色，不动声色地注视着这个动荡不安的世界和我们。

心里有些惭愧，四个多月了，竟然这么久没有来天坛。

再到天坛，已是2020年4月底。

那天中午，从南门进天坛，一路看见不少藤萝架上紫藤开得烂烂漫漫，满架像蒸腾着紫色的烟雾，觉得和它们分别了那么久，竟然有些陌生的惊异。再疯狂的疫情，也没有阻拦住它们到时候的盛开。显然，它们没有我们人的顾忌和怯懦，比我们要自由豪放得多。藤萝架下坐着的人很少，稀稀拉拉的，和以往相比，仿佛相距了两个节气；和满架密密的藤萝花相比，更显得稀疏零落得可怜。

远远地，看见了丁香花丛西侧白色藤萝架的影子。在天坛，这是我最熟悉的藤萝架。我常到这里，坐在架下休息或画画；

如果约朋友见面，我也会选在这里。多日未见，仿佛阔别的友人，有一种难得的亲近感，担心它也会受到疫情的侵袭一般，禁不住快走几步，想看看它现在的样子。

没有想到，它的四周被墨绿色的塑料布紧紧地围住了。一下子的感觉，就像受伤的人浑身紧紧包裹着绷带。疫情中，它也没有逃过一劫，忽然涌出一种兔死狐悲的隐隐心痛。

想起苏联作家帕乌斯托夫斯基，第一次世界大战之后，重返莫斯科，在农学院附近的一座公园里，面对阔别的公园景色，他曾经发出这样的感慨："大自然也受到了战争的打击……因此，对它的爱也变得更加强烈，愈来愈让人觉得心痛了。"

在看到熟悉的白色藤萝架那一刻，似乎才明白了帕乌斯托夫斯基的话的含义，仿佛这话就是对今天而言。心痛的感觉，是一样的。

面对莫斯科那座公园，帕乌斯托夫斯基还说："人们到大自然中去，通常是去休息。我却认为，人必须经常生活在大自然之中。"他认为，在这里，"我特别强烈地感觉到人和大自然的友谊"。这种友谊，更多来自大自然对人的抚慰作用。帕乌斯托夫斯基面对的是第一次世界大战后的创伤，我们面对的则是疫情一直还在全世界蔓延，所经历的痛苦和折磨，大同小异。

也许，这座藤萝架不过正好需要大修，和疫情无涉。它只是让我一时联想到帕乌斯托夫斯基而已。

不过，怎么看，怎么觉得它那样地通人情，仿佛知道我们今天所有人动荡不安的心情，需要抚慰，哪怕只是片刻的抚慰。

因为我看到，藤萝架尽管被塑料布紧紧包围，依然挡不住藤萝花的怒放，它们纷纷伸出头来，仿佛要跳跃出塑料布的包围，和我们拥抱一样。看着它们争先恐后在上面迎风摇曳，紫色的花串簇拥着，宛若一群紫蝴蝶翻飞，在四月蔚蓝如洗的晴空下，那么地绚丽耀眼，那么地激情四溢，那么地动人感人。那情景，怎么都让我感觉仿佛它们是经过深思熟虑之后，才会出现这样和塑料布不屈服地抗争，而为我们努力盛放的壮丽情景，以此告诉我们，世界再怎么样动荡，对未来未知再怎么样忧虑忐忑，大自然的花，还是会如期开放。

我怀着敬意和感恩以及更复杂的一些情感，沿着被墨绿色塑料布包围的藤萝架四周走了一圈。走到朝南的一面，看见一位年轻人高高举着一架单反相机，伸出长镜头，在拍塑料布顶端那一片翻飞的藤萝花。居然，是和我一样对藤萝花的钟情者。心里忽然一阵感动。他站在那里一动不动，对着藤萝花不停地拍照。正好，我站在一旁，画下了他和藤萝花的一幅速写。

这是我重返天坛画的第一幅画。

2　约会的距离

还是4月底的那天,在天坛,由南向北,一路走来,发现游人不多,不仅都戴着口罩,彼此还都拉开了距离。藤萝架下,坐着游人;长椅上,坐着游人;草坪上,也坐着游人,一样彼此也都拉开了距离。这样的情景,非常独特,以前来天坛那么多次,只有此时才见到,不由得想起舞台上看到过的布莱希特话剧中的间离场景。

一直走到双环亭,这样的间离场景,最为突出地出现在我的面前。亭中坐着一对男女,四十岁上下。特别引我注意的是,他们各自戴着口罩,分别坐在椅子的两头,各靠着一根红柱子,隔着两根柱子之间这样明显的距离——那时候,为防止疫情的传播,流行一个词,叫作"一米距离",距离,便成为生活的常态,见多不怪,但这样约会中长时间保持着远比一米要长的距离的情景,我还是第一次见到。

他们两人中间的长椅上铺着一块花布,一些零食和各自的保温杯,在上面排列成队。那阵势,有点儿像七夕喜鹊羽毛搭成的桥，桥两头，分别站着他们二位遥遥相对。看样子，和我一样，也是多日未到天坛来了，相约在这里见面叙旧。一定是老朋友了，但也要保持着这样明确的距离，这是人的本能欲望和心理之间的距离，又是主观心理和客观现实之间的距离。或者说是面临这场突如其来的灾难时恐惧与希望的距离。

双环亭是当年乾隆皇帝为给他母亲祝寿特意建的，原来建在中南海里。据说，邓小平当年参观天坛，看到天坛里建筑单一，游客游玩和歇息的地方有限，便建议将双环亭移到这里，算是借景。这里外地游客来得少，几乎是北京人的天下，来此休闲的人多。双环亭是两个圆亭交错，亭中外圈有十根红漆圆柱支撑，柱子之间的距离有两米多。阔别多日的朋友相见，居然要有意拉开这样长的距离，让我有些吃惊，也更加感慨。这实在是疫情闹出的距离。往常一般的约会，哪里会拉开这样的距离，而且，还严严实实地戴着口罩。隔空对话，声音自然就大些，悄悄话是不行的了。这样的场面，有些滑稽，也有些悲伤和无奈，却是2020年春天常见的情景。看不见的新冠病毒，竟然有着这样强悍的力量，似乎危险无处不在，无时不在，让人和人之间，即使再亲密的人之间，也要不由自主地拉开距离。

我坐在他们的斜对面画他们，一边画一边不住在想，距离，在平常的日子里，在一般人之间，也是必要的。亲密无间，只是作为一种修辞、一种幻想或理想状态的存在。即使是情人之间的拥抱、亲吻甚至做爱，也不可能真正做到亲密无间。在人类文明和不文明交织的驳杂社会里，有社交中的礼貌距离，有

美学中的想象距离，有心理的抗拒距离，也有卑劣人性中的暴力距离、社会环境中的危险距离、初次接触的陌生距离、思想乃至意识形态所产生的斗争距离、时间和空间造成的时空距离，或者亲人之间所谓"一碗汤"的距离，等等。可以说，独木不成林，只要有两人或两人以上的地方，就不会没有距离。就像再茂密的树林里，树和树之间也会存在距离，不可能毫无缝隙地比肩而立。

只是，眼前这一对戴着口罩的朋友之间，这样尽情交谈之中，明显而有意拉开的距离，是我前所未见的。

读罗兰·巴特的《文之悦》，书中有"边线"一节。边线，就是边界，就是距离。他从修辞学角度说：语言结构的重新配置，通常借以切断的方式来达到。他说有两条边线，一条是正规的、从众的、因袭的（在我看来，就是惯常情况下的），一条是变幻不定的、空白的（在我看来，就是非惯常情况下的）。他接着说，说得很有意思："恰是它们两者的缝隙、断层、裂处，方能引起性欲（在我看来，这里所说的性欲，就是指语言结构的被打破而重新配置后新的生成）。"距离，就是在这样的状况下产生的。缝隙、断层、裂处，都会自然而然地产生距离。

罗兰·巴特所说的"两者的缝隙、断层、裂处"，在战争和灾难面前，最容易产生。因为战争和灾难便是惯常状态被打破，而成为非惯常状态。如今，这场全球范围的疫情突发而且长时间蔓延所造成的灾难，远非一场战争所能比，在其漫长过程中，不仅有残酷而不可知的病毒，还会因此带来人与人之间看待变化的生活与世界的不同态度，乃至政治和意识形态的分歧。所有这一切带来的缝隙、断层、裂处，必然造成人与人之间的距离，哪怕是曾经关系再亲密的人。这里既有社会与自然的不可知因素，也有恐惧和忧虑的心理潜在原因，同时，还会有因这场疫情所造成的思想认知和判断标准差异乃至矛盾，和罗兰·巴特所说裂处的结果。只是，人又有群居而极愿摆脱孤独的心理需求，于是，在疫情刚刚趋好的时候，人们就迫不及待地从闭门宅家中走出来；于是，便有了天坛里我所见到的并非一例这样的约会，约会中渴望缩短距离而又有不可避免的明显距离，戴着口罩，亲密交谈，又隔空相望，那样渴望亲近，渴望接触，又那样无可奈何并且自觉自愿地拉开距离。在漫长的一个世纪中，乃至更长的时间长河里，这样由看不见的病毒和看得见的场面所形成的距离，成为一种令人叹为观止的时代景观。

我画着这一对约会的男女。长长的距离，并没有阻隔他们的交谈。我不知道他们在谈着什么，只看到他们的交谈如同长长的流水一样，绵绵不断。他们的身后，已经是春意盎然，花草烂漫。

3　黄蔷薇

五一节期间，天坛公园里的游人明显多了起来，特别多了年轻人，一对一对的，虽然都戴着口罩，却有说有笑地徜徉在天坛的各个角落。清冷几个月的天坛，一下子有了生气。轻松，成为众多人脸上和心中的表情。也是，自从年初疫情突然暴发，武汉封城，北京城也常空空荡荡。宅在家里那么久，赶上五一放假，自然会出来散散心，一舒多日积聚的郁闷之气。人都一样，是不愿意孤独的。

上午，我坐在北天门内垣墙根儿前的长椅上画画，这里面南，阳光充足。冬天中午的时候，常有老人面对着墙晒后背，太阳很暖。前面是宽敞的甬道，人来人往，再前面是柏树林，散发着春天清新的气息。我旁边的另一个椅子上坐着一个年轻的小伙子，我来之前，他就坐在这里，不知已经坐了多久。

说实在的，我就是一眼看见了他，才就近坐在他旁边的椅子上，想画他的。小伙子也就二十多岁，身穿一件整齐笔挺的藏蓝色西装，还打着一条猩红色的领带，很是醒目，引起我的兴趣。节日里，逛天坛的人都是来休闲的，很少见这样穿正装的。我很好奇，偷偷在画他。他似乎没有注意到我在画他，一直显得百无聊赖，手里摆弄着手机，目光游离，时不时在往左边看。左边不远，是北天门的三座大红门，那里，游人出出进进，摩肩接踵。我猜测，他可能是在等人。

我把他画完了，正起身，没有想到他也跟着站起身来，那一刻，我们两人像是约好要一起走人似的，仿佛是一起来的熟人或朋友。我们两人这像听到了号令几乎同时起身的举动，让彼此都禁不住望了望对方，笑了笑。

你也走呀？我先说了句。这话说得有些歉意。刚才偷偷画他，做贼心虚一般，有些过意不去。

他点点头，没有说话，但冲我点头的时候，我看见他比有的女人涂了脂粉还要白皙的脸上，忽然现出一点儿羞涩的样子。就是这点儿羞涩，让我觉得这个年轻人那样地可爱，不是那种江湖上见惯的小油条。如今，小油条渐多，而且，不少小油条比老司机更显油腻。这样脸皮薄的，少了。于是，仿佛我真的和他相熟一样，几乎不假思索，顺口滑出这样一句：不等了？

他一愣，迟疑了一会儿，一口京腔地问我：您怎么知道我是在等人？

我笑了，说道：我是随便瞎猜的。

他却很认真地对我说：您是长辈，吃过的盐比我吃过的饭多，见过的世面肯定比我多，您说我在这里等了快两个小时了，人还没有来，是不是不会再来了？

我问他：你没给人家打电话问问吗？

打了呀，没打通，开始没人接，后来关机了。我又发了微信，也没回音。

一看就是老实孩子。都这情况了，还用再傻老婆等茶汉一样傻等吗？

会不会突然有什么事情了？

小伙子像对我说，也像自言自语。这种时候了，他还在替人家担心呢。

我们边走边说着话，走出北天门，一起朝北门走去。我弄清楚了，他是在等女朋友。也许，还谈不上什么女朋友，是2019年春天网上认识的，没几天，就有了第一次约会，便是在天坛。见了面，长相呀、个头呀、年龄呀、工作呀，彼此都挺满意的，那感觉就像在大学校园里一见钟情似的。第二次约会，已经过去了小半年，到哪儿去呢？他琢磨着第一次在天坛感觉挺好的，就还到天坛来吧。正好是秋天，说是去天坛看银杏，再不看，金黄色的银杏叶就都快落光了。相处了小半年，虽然两人工作都忙，见面的机会并不多，但相处得还不错，秋天到天坛看银杏，银杏看得也不错，就是去的时候有些晚了，叶子落了好多，地上一片金黄，要是再晚几天，银杏叶子就要落光了。不过，踏着落叶，他们还是兴致勃勃地用手机照了好多照片。元旦时候，又见了一面，一起看了场电影，吃了顿饭，这事差不多就算定下来了。春节前工作忙，约好等着过春节时再见面，去双方家里看看彼此的父母，拜拜年。

没有等到春节，疫情来了，都封闭在家里办公了，联系只能靠电话和微信。这么着，一耗耗到了五一节，小一年的时间，只见过三次面。虽然古诗词里说是两情若是久长时，又岂在朝朝暮暮，但那只是属于古典式或理想中的爱情，只适合在电视里的《中国诗词大会》上背诵。仅靠电话和微信维持的爱情，如此脆薄得不堪一击。小伙子以为是放飞起来的一只红气球，却不知可能只是一个猪尿脬。

小伙子告诉我这段经历之后，对我说：您说是不是我们第二次约会的时间选得不对呀？

我挺奇怪，问他：怎么不对了？

您看，我们非得来天坛看银杏的黄叶，来的时候还晚了，树上的叶子都快掉光了，这不是预示着得黄了吗？

这话说得我哭笑不得，银杏叶黄了，事情就得黄？要是去香山看红叶呢，事情就准能红能成？

望着小伙子认真的样子，我不知道该如何安慰或劝说。或许，小伙子根本不需要我来安慰和劝说。他原本比我想象的要坚强，或者更世故，在失败中更看清了爱情的真谛。如今的爱情，脆薄如纸，变数极多，尤其经不起考验。疫情暴发以来，人们不少看法不一致，还有一些熟悉的老朋友，都闹得彼此隔膜甚至割裂起来，别说才见过几面的恋情了。这半年的时间里，内心受到的冲击，一切不确定的因素，各种担心忧虑和焦躁不安，都会浮出水面而迅速膨胀，足可以让梁山伯与祝英台无法变成翩飞的蝴蝶，而变成满地爬的毛毛虫。

走到北门前面,西侧假山石旁,一丛硕大的黄蔷薇开得正旺,从上往下倾泻一道瀑布一样,阳光下金光闪闪,晃人的眼睛。在整个天坛公园里,我没有见过其他任何一个地方,有这样灿烂的黄蔷薇。一年四季,它只在这个时候辉煌一次。站在它前面照相的人很多。

小伙子忽然停住,望了望这一丛黄蔷薇。然后,指着黄蔷薇,对我说:去年春天我们第一次约会,就是约好先在这里碰的头。

那时候,蔷薇还没有开花。

4 暖阳下打个盹儿

通往百花亭的甬道两旁,有不少椅子,春秋两季,天好的时候,常会有北京人坐在那儿晒太阳。其中,总会有抱着袖珍收音机的老人,在听曲,听戏,听相声评书,或听新闻广播。

收音机,都是老式的,上面像独角兽伸出根不长的天线。这样老掉牙的玩意儿,年轻人是不屑一顾的,只有老人还抱着它听,舍不得丢掉。疫情之前,在这里,我常常见到不少老人,或抱着它,或把它放在椅子上,放在地上,自己靠在椅背上,眯缝着眼睛听。有人还随着乐曲一起摇头晃脑,手上打着拍子,口中念念有词,怡然自乐。看那些掉了漆皮,有的天线用胶布绑着的收音机,觉得时光回溯,定格在遥远的岁月里。

我一直很奇怪,为什么他们一般都爱坐在这里听收音机呢?天坛地方很大,有椅子的地方很多,在别处,很少见到这样的情景。想想,这里相比较其他地方,显得清静一些吧。不要说祈年殿游客如织,就是前面的百花亭和不远处的双环亭,人也不少,比较嘈杂。西天门前,通往丹陛桥的大道两旁,椅子一个挨一个，也常会坐着不少老人，但那里人来人往，看人行，听收音机确实不灵，面前的空场太大，不拢音。

有时，我也会想，为什么不在家里听呢？大约家里也不清静吧？居住附近的人，有不少还住在胡同的平房里，家里就更拥挤。即使附近住楼房的，大多也是平房拆迁后的回迁户，能够买得起商品房住的不多。到天坛里来听，多开阔呀，有清风吹来，有花香飘来，自己仿佛一下子阔了起来，自然更是惬意。

初夏来临的时候，西府海棠的繁花早已落尽，看花的人散去，加上今年年初疫情，游人比以前更稀少，这里越发显得安静。来这里的老人也比往前少了。那天中午，我找了个空椅子坐下，因为对面椅子上坐着一个老爷子，我准备画他。老爷子很富态，心宽体胖，穿着件摄影师常穿的那种驼色的马甲，抱着个收音机，像抱着个宠物，贴在耳边亲热地摩挲。

这样的场景，以前常见，今年是我第一次见到。四周除了我们俩，没有一个人，显得分外幽静，仿佛阔别久远的情景闪回，让我有种格外值得珍惜的感觉。明朗的阳光，在老爷子的脸上和耳边的收音机上闪动跳跃，反着一闪一闪的光亮，想起川端康成描写阳光那漂亮而难忘的句子："泼洒在竹叶上的阳光，像透明的游鱼，哗啦啦地流泻在他的身上。"难得的昔日重现，老爷子脸上的阳光都有了声响。

收音机的音量挺大，我都能听得真真的，只是听不懂，像是戏曲，唱的是吴侬软语，我不知道是什么曲种，唱的又是什么内容。老爷子听得聚精会神，把收音机使劲儿凑在耳朵边听。

显然，耳朵有些背了。

他就这样倚靠在椅子背上，一动不动，津津有味地听着。对于我这样画画稀松"二把刀"的人，这样的姿态最方便画了，我可以画得从容些，免得他一动，变换了姿势，弄得我捉襟见肘。

大约半个来小时，画得差不多了，忽然发现，老爷子的手一松，收音机滑落下来，轻轻地落在胸前。老爷子的肚子突兀，像座小山包，挡住了收音机继续的滑落。我看清了，老爷子睡着了，暖阳下，凸起的肚子一起一伏，均匀的呼吸，像微风吹起水中的涟漪。我猜想，只是打了个盹儿，过不了一会儿就会醒。不知道这片刻的梦中，老爷子会梦见什么？

收音机，哇哇地还在响着，像是青衣哼哼呀呀婉转在唱，不知道唱的什么。

5　百花亭前

疫情之后，来天坛少了，一直没有去过百花亭。中秋节的前一天中午，我才又来到百花亭前。想一想，上一次来这里，是去年秋末。一晃，快一年的时间过去了。日子过得真快。

以前，来天坛，我爱到百花亭这里来。亭子是从李鸿章家庙里移过来的，雕梁画柱，很漂亮。以亭子为中心，呈十字形，有四条花木葱茏的甬道。东西甬道两旁种着西府海棠，春天开花的时候，十分娇艳；南面甬道旁种的是柏树，四季常青；北面甬道旁种的是龙爪槐，夏天垂一地绿荫，冬天树叶落尽，枯枝上盘龙弯曲的枝条遒劲四射，让枯寂的冬季天坛，有了一种格外沧桑的味道。我常到这里画画，几乎画遍了四面甬道上的花木。

这一天中午，天气格外好，今年中秋和国庆在同一天，节日的气氛很浓。天坛里布满了鲜花，比起去年，多了好多鸡冠花和太阳菊。百花亭前月季园里的月季，一如既往地开得那么绚烂，好像疫情并没有影响它们盛开的心情。中午的阳光很暖，百花亭里坐着不多几个游人，四周很安静，风吹过来，带有花草的清新气息和鸟清脆的鸣叫声。我坐在亭子西侧甬道旁的长椅上，画对面的芍药花圃，春末的时候，海棠花谢了，芍药接力一般，盛开着春天最后的花朵。现在，芍药花也早谢了，只留下绿叶葱茏一片。

忽然，一阵歌声随风飘来。不是真人在唱，是录音机里播放出来的歌声。这歌的旋律怎么那么熟悉？不由得放下纸笔，仔细听，听清了歌词：

> 人生短短几个秋啊，
> 不醉不罢休，
> 东边我的美人哪，
> 西边黄河流，
> 来呀来个酒啊，
> 不醉不罢休……
> ……

原来是这首歌！

记得去年秋末来这里画画的时候，也曾听到这首歌。时间过去了快一年，歌居然没变，还在顽强重复地唱。这实在是太有意思的事情了。莫非这首歌和百花亭一样，一起长在了这里？或者就像一位专情的歌手，一位痴情的朋友，专门等着我旧地重游时，特意唱给我听的吗？让我和他或她一起拨动怀旧的那根琴弦，一弦一柱思华年？

不过，这大概只是我的自作多情罢了。

去年来这里的时候，我也是坐在百花亭西侧的长椅上画画，唱歌的是一位六十来岁的男人，就坐在我前面不远的另一条长椅上，抱着一个小小的老式录音机，在听里面放出的歌曲，一边听，一边摇头晃脑跟着哼哼地唱。而且，是反复地听，反复地唱，不厌其烦，旁若无人，忘乎所以，乐此不疲。听得我耳朵都起了茧子，这几句歌词，我都能背下来了。说实在的，听得我的心里有些烦，甚至觉得他有些偏执，会不会是精神出了什么毛病，恨不得上前一把关掉他的录音机，请他别再唱了好不好？

这一次，没有人在唱。但是，录音机里播放出来的这首歌，却还是一遍又一遍地重复着，依然是不厌其烦，乐此不疲。世上竟有这样的巧合，近一年的时间了，这首歌居然在此落地生根，或者说，这首歌能够借时还魂，让时光倒流，昔日重现？

我有些好奇。是谁在痴心不改，一遍遍地播放这首歌？听也听不够地听着这首歌？如果还是一年前的那个男人，就实在是缝若天衣，巧得不能再巧了。

这样一想，四下张望，甬道上，除了我，没有一个人。循着歌声找去，百花亭前灌木丛旁的地上，放着一个不大的录音机，歌声很响亮地从那里传出。录音机前，一位六十来岁的大嫂，身着漂亮的裙装，在随着歌声翩翩起舞，自娱自乐，也许是在锻炼身体。四周没有一个人，远处坐在百花亭里的游人在吃东西，不时往这边瞥两眼，并没有在意她。真的是旁若无人，她兀自跳着，尽情投入，不停挥舞着彩色花围巾。

不是那个男人。是啊，要不也实在是太拙劣的巧合了。但是，我想起了那个男人。一年过去了，不知他现在怎么样了。这一年，全球疫情蔓延，多灾多难，多忧多虑，实在是太不平常的一年。

> 人生短短几个秋啊，
> 不醉不罢休，
> 东边我的美人哪，
> 西边黄河流，
> 来呀来个酒啊，
> 不醉不罢休……
> ……

歌声还在一遍遍地响着。秋阳高照，年到中秋，有酒可醉，无酒也无妨，只要他歌声依旧。

6　垂花门

中秋节后一日的上午，我到天坛的斋宫画画。今年中秋国庆同天，游客很多。斋宫后院有个寝殿，是当年皇帝来天坛祭天时候睡觉的地方。来这里的游客更多，纷纷扒着窗户看里面的究竟，仿佛皇帝还在里面小憩，可以看个正着。

我坐在寝殿廊檐下的石台上，画对面的垂花门，只注意眼前的景物，没有想到身边会有很多人在看我画画。刚开始在外面画画时，有些怕看，现在脸皮练厚了。我知道，大多人不过是瞟一眼两眼，走马灯一样便走开了，不会比对这里的寝殿、花木，甚至寝殿门前的两个大水缸，更感兴趣。

爷爷，您画得还真像，您以前学过画吗？

是一个孩子的声音，我抬头一看，才发现身边已经围着好几个人。不过，这一次，都是孩子。

是个六七岁的男孩子，一双明亮的眼睛正望着我。我告诉他，我没有学过画，只是喜欢，画着玩的。

他的妈妈站在后面，指着他，对我说：他也喜欢画画。然后，对他说：你看看，爷爷的前景画得是不是突出？你也要这样画。

显然，孩子是学过画的。我问孩子的妈妈，她告诉我：是，参加了美术班，他特别喜欢画画。

孩子一双水汪汪的眼睛，一直盯着我的画本，想要一眼望穿，但抿着嘴不说话，特别可爱。看得出来，他想看我前面的画。我把画本递给他，他仔细翻看着。他妈妈问我：我能给您的画拍几张照片吗？我说没问题。她一边用手机拍照，一边对孩子说：你看看爷爷画得多好呀，回家你也照着画。我说：可别照着我的画学，那就学糟了！然后，我问孩子：你学习怎么样呀？他还是抿着嘴不说话，我换了一种方式问：你最喜欢哪门功课？他眨巴眨巴眼睛说：我最喜欢画画！

我知道了，他们来自大连。来北京好几天了，去了好几家美术馆，还去了798，明天准备去中国美术馆。

这一对母子走了，我接着画，其他几个孩子还在看我画，像我忠实的观众。不一会儿，又传来一个声音，是个女人在叫她的孩子：快来看看爷爷画画。一个小男孩一阵风似的跑了过来，瞟了几眼我的画，问我：您是美术学院毕业的吗？我说不是。我逗他问：你看我画得怎么样？他看了我一眼，没有回答，却对我说了句：我妈妈就是美术老师。我说：你跟你妈学，一定画得不错喽！他一撇嘴，说了句：我不喜欢画画。然后，转身对他妈妈喊道：你们俩PK一下！他妈妈和我都笑了。

这是个刚上三年级的孩子。他不理会我们的笑，接着说：

你们两人画，我用手机拍段视频，发到朋友圈里！惹得大家都笑起来，他转身跑走了。

一阵笑声过后，我接着画，画垂花门后面的一棵参天的老松树。忽然，画本上闪过两道影子，然后，是问话：能看看你前面的画吗？我抬头一看，是两个小姑娘，大概是初中生。说得有点儿不客气，我对她们说：稍微等一会儿，我画完这棵树好吗？她们不再搭理我，转身走了。

松树画完了，我在画垂花门两侧的围墙。又传来一个声音，像轻轻的耳语：爷爷，您画得真好，这么有耐心。我才发现，身边坐着一个年轻的姑娘，旁边还有一个挺大的拉杆箱。显然，也是外地来旅游的。我对她说：画得不怎么样，但耐心确实还有。她又问我：您一直都在天坛画画吗？我告诉她我常来。她说道：多好呀！我问她：你是哪里人？她告诉我是湖南湘潭边上的。我问她：是来旅游？她摇摇头说：我在北京工作，我爷爷从湖南老家来北京，我是陪他玩的。我有些吃惊，便对她说：我以为你是中学生呢！她笑了：我今年大学毕业，刚找到工作才两个月。然后，她对我说：要是我爷爷也像您一样，有个爱好就好了，就不会那么寂寞了。说着，她站起身来，对我说：您一会儿还去哪儿画画？希望还能见到您！然后，拉着拉杆箱，向垂花门走去，门前的椅子上一个人在向她招着手，不用说，是她爷爷。

我画得很慢，孩子们散去了。天近中午，斋宫里的游人渐少，四周清静了许多，能听见鸟鸣。终于画完了，合上画本，我站起身来，伸了伸老腰，回头一看，身后的石台上，还站着一个男孩子，十岁上下。忽然，心里有些感动，他一直站在那儿，看我画完。我想和他说几句话，谁知道，他和我四目相撞之后，什么话也没有说，只是害羞地微微一笑，转身跳下石台，小鸟一样，穿过垂花门，飞走了。

我想，应该在我画的垂花门中间，添上几笔，画上这个羞涩的小男孩。

7　家住肖村

　　秋天和春天，天气最好，不冷不热，无论上午，还是下午，百花亭里常会坐好多人。有外地游客走累了，坐在那儿歇歇。更多是北京人，带点儿吃的喝的，中午坐在那儿吃喝外带聊天，百花亭成了他们家的客厅兼餐厅。四周草木清香扑面，如果是春天，东西两侧西府海棠的花都开了，更有花香四溢，花影迷离，是自家餐厅和客厅都没有的风光。

　　秋天，这里的风景也不错。亭子西北角有几棵银杏树，虽然是后栽的，这些年已经长得很高，高过了百花亭。它们的叶子黄得比北天门前的两排银杏树早，簇拥在百花亭前，涂抹着凡·高一样的金黄色，映照得亭子里都是金色一片，到处跳跃着明晃晃的光斑。

　　我常到这里，因为各色人等众多，形象各异，且衣着花样翻新，色彩丰富，好画速写。百花亭是个六角亭，亭内红漆圆柱错落间隔，会遮挡着彼此的一些视线，我坐在那里画对面或旁边的人，一般不易被发现，可以画得从容一些。今年银杏叶

天坛古花亭前银杏黄了 Fuxin 2022.10.26.

黄的时候，我来这里，画对面一对男女，年龄六十岁上下，女的胖乎乎，很喜兴，男的很瘦，不苟言笑，像说相声很有趣的一对搭档。他们倚在柱子旁晒太阳，像一对老猫，被温煦的阳光抚摸，眯着眼睛，很是惬意。

画完了，正要合上画本起身走人，女人站起来，慢悠悠地向我走过来，走到我的身边，问道：你是不是画我们呢？

我束手就擒，赶紧把画本递给她：是，您看看，画得像不像？

她接过画本瞅了瞅，说了句：别说，还真有那么点儿意思。然后，她抬起头，指着这一页冲我说：怎么样，这张画送我了吧？

大概看我有点儿犹豫，她立刻说道：跟你开玩笑呢！知道你舍不得！我照张相，可以吧？

我忙说：当然可以，您敞开照！

她从衣袋里掏出手机，冲着这张速写画噼里啪啦照了几张。照完后，问我：你姓什么？

一般萍水相逢的人，问旁人姓氏的很少见。我有些好奇，不知道她为什么对姓氏感兴趣，但还是老老实实答道：姓肖。

她一听立刻兴奋起来，仿佛捡到什么喜帖子，冲我叫了起来：你姓肖？仿佛不相信我真的姓肖似的。

我问她：怎么啦？

她转过头指着那男人喊道：没怎么，你问问他姓什么？

我猜到了，肯定也是姓肖了。仿佛这个"肖"字，像以前的地下工作者，一下子对上了接头的暗号，让她无比地兴奋。

那男的说：我也姓肖。现在都用简化字的"肖"了，以前是写繁体字的"萧"的。

我说：没错，百家姓里没有简化字的"肖"，咱们的姓应该是繁体字的"萧"。

他接话道：那是，我们原来村里的老人都说，萧氏的后代最早都是从辽代萧太后传下来的。

女的插话道：在北京城，姓萧的不多，凡是姓萧的，一般都是从关外迁过来的，五百年前是一家。

这只是传说，我不敢确定，没敢接话。但他说他们原来的村，让我立刻想到了南四环路上的肖村桥和北五环的肖家河桥，以前都是村子。想肖家河离天坛太远，肖村很近，不知道他们以前是不是住在肖村的，便问：您二位住哪儿？

女的答道：我们住宋家庄。

那倒是来天坛方便，坐地铁五号线，三四站地就到。我又问：您二位以前住哪儿？

男的说：以前住肖村。

我的猜测是对的。肖村，仿佛是我对上了第二个接头暗号，心里忽然兴奋起来，立刻又问：那您二位是拆迁到了宋家庄的吗？

男的说：没错。前些年修四环路，占了我们肖村大部分的地。

我从不知道肖村的具体位置，一直以为现在的肖村桥就是以前肖村的位置，说起肖村，他们两人你一言我一语交错地告诉我，肖村在肖村桥的西边一点儿，是一片很大的村落，村里曾经有一座很大的庙，解放以前，庙当过村公所；解放以后，当过小学校；人民公社的时代，又当过生产大队的队部。

如今，这一切的历史痕迹，被建成的四环路所掩盖，刻印上了城市化进程的轨迹。应该庆幸肖村桥地名的存在，让历史发展的痕迹和时代前行的印迹保存了下来。地名被随意地更改和遗失乃至抛弃，在北京由来已久，有着深刻的历史原因。地名的存活，一直未能得到充分的重视。地名是一个地方生命的起点，与这个地方共生共长，即便这个地方由于各种原因消失了，或变为他途，地名的存在，便是这个地方的档案，这个地方曾经存在过的魂灵。这样看来，地名便不仅有地理的意义，还有着历史和文化这样一共三重意义，让我们不仅可以知道回家的老路，也可以看到正在发展的新路。

难怪说起肖村，他们一下子话多了起来。对于一个地方，从小在那儿生活过的人，和只是到此一游的过客，感情是不一样的。即使在时代的变迁中，这个地方已经没有了，只存留下一个地名，那地名也是含温带热的，说起它来，也像是说起自己的一位故人，甚至是自己的情人。

8　简单的乐儿

入秋，天近中午时，我坐在长廊东入口的椅子上，画对面打牌的人，画完这张，就准备起身走人。春天的时候，这里还很冷清，看不见什么人，最近，来这里打牌的人渐渐多了起来，似乎忘记了身边肆虐的疫情。这些人的牌局始终战火纷飞，各自带着水杯和干粮，沉浸在无穷的乐趣之中，杀得昏天黑地，鏖战到底，中午也不鸣金收兵的。

站在那里观战的人，却不会恋战，看一会儿，看个热闹，就转身走人了，所谓子非鱼，焉知鱼之乐。其中一个老爷子看了一会儿，移步换景一般，走到我的跟前，看我画画。这样逛天坛的人，有不少，他们不热衷打牌下棋，或跳舞打拳踢毽子，就是绕着天坛走一圈，哪里都会看几眼，但都不会焊在那儿一待待半天的。走一圈，也是锻炼，呼吸一圈天坛里古树散发的气息，最是延年益寿。

他夸我画得不错，像那么回事。然后，又说：看你的岁数和我差不多，你多好啊，还会画画。

我赶忙说：我这是瞎画，上不得台面的。

他说：瞎画也能给自己解闷。不像我，除了每天到天坛瞎转悠那么一圈，什么也不会。

我对他说，天天来天坛转一圈，也需要定力！

他笑了：什么定力！就是不来，心里像缺点儿什么。

我也笑了，打趣地说他：有点儿像年轻时候搞对象，一天见不着，心里闹得慌！

还真是！还是你会说！不过，你可能比我明白，到底缺点儿什么，我自己这一辈子也没整明白，就是一辈子总觉得缺点儿什么。

他说着，笑得更厉害了，觉得自己这话说得挺有那么点儿意思。

就这么聊了起来。

我画完了，收拾好本笔，和他一起走下台阶，向东门走去。他问我回家？我说是，问他也回家？他说先去王老头儿那儿买点儿栗子。

我知道，王老头儿的栗子店在蒲黄榆桥北。原来在榄杆市，街边摆个摊，他家的栗子炒得好吃，四九城的人都跑他那儿买，让王老头儿的栗子出了名，我也常骑自行车到那儿买。修两广路的时候，王老头儿搬到了蒲黄榆，不仅注册了"王老头"的商标，还有了自己的店铺，虽然门脸不大，但也算是鸟枪换炮。

说起王老头儿的发家史，他连连点头说：我也是从榄杆市那时就买他家的栗子。我家住广渠门，离着不远。越说得我们两人越近,同在榄杆市时买过王老头儿的栗子,仿佛是同科进士一般,止不住地兴奋起来。

现在,离着远了点儿,专程去买栗子?我问。

怎么说呢?我家那口子爱吃这一口!所以,逛天坛的时候,会隔三岔五来买一回。

我对他说:不瞒您说,我也爱吃这一口!

他像遇到知音一样,向我推荐:我爱吃他家的杏干,三十块钱一袋。他们家的花生也不错,带壳的,原味的,十块钱一袋,没坏的,不是陈的,倍儿香!

行啊!您爱吃杏干和花生,您家那口子爱吃栗子,您这一趟天坛逛得,两不耽误,贼不走空啊,值了!

他呵呵笑了起来,连说:一趟活儿,一趟活儿,要不一上午光顾着自己个儿逛天坛,回家不好交代。

我们走出东门,一起走到公交车站,无论来哪趟车上去就行,两小站,下车走两步就是。老远就闻见了栗子扑鼻的香味。

想起放翁的一联诗:不饥不寒万事足,有山有水一生闲。稍改几字,再加上两句,凑成一首打油:

不饥不寒万事足,有山有水有天坛。
买斤栗子回家转,还有杏干能解馋。

写给这位老爷子正合适。寻常百姓人家,一点儿栗子和杏干就能打发了,图的从来都是这样简单。越是简单的生活,越是容易让人满足而自得其乐，忘记其他烦扰，其实，也越难，就像啤酒杯上的泡沫，虽然只是挂杯的那么一点儿，也是从啤酒里冒出来的，又是和啤酒不一样的色彩——便是冒出来的乐儿。别的酒，少有这样挂杯的如雪泡沫。啤酒，没有经过酿造和发酵，想冒出这点儿泡沫，也难。

9　白头宫女在

立冬前一天，是个周末。中午时分，我去斋宫，见寝宫前的垂花门下，站着一位身穿清朝宫女服装的女子，恍惚中一下子跌进前朝，好像皇帝正在寝宫里面午睡小憩，派来个宫女门前守候。

一个小伙子正在为她拍照。小伙子端着长镜头的相机，前进后退，左拍右照，忙得不亦乐乎，"宫女"亭亭玉立，摆出各种姿势。以我这样外行人的眼光看来，"宫女"从头到脚的服饰都非常到位，甚至说很精致，连胸前佩的璎珞，头上戴的帽子，脚下穿的厚底鞋，都很像那么回事。与今人的服装相比，清时的服装，真有些金碧辉煌，和女子头顶上方垂花门门楣上的彩绘相映成趣，配搭得才算是谐调，方可穿越百年。

我站在前面望着他们拍照，不想打搅他们。拍照的小伙子不忍心让我在那儿久等，摆摆手，好心招呼我先进去。其实，我是想看他们如何拍照，尤其是看那女子如何婀娜多姿摆出各种造型。那些造型，一下子泄露出她现在的身份和心思，豪华的服装和玲珑的服饰，无法帮助她遮掩和修图。这是非常有意思的，现代和古代，毕竟最少也相隔百年，历史划出一道银河，用再现代的架桥技术，也无法修通横跨银河的桥梁，那必须是喜鹊搭起的鹊桥方可。鹊桥，可不是水泥拱桥。

我谢过他们，从"宫女"身旁走进垂花门。和她擦肩而过的时候，我望了她一眼，很年轻，脸上涂抹的油彩却过浓，眉毛和眼影也过重，贴上去的假睫毛，蝴蝶翅膀一样呼扇呼扇着，心想清时的宫女难有这样的化妆术。她一动未动，目不斜视，笔挺地站在门前，如一尊蜡像。

里面的院子便是寝宫。清时皇帝祭天，要提前来这里住上三天的。就是为了祭天，才修建的这座天坛。祭天是大事，为显示对天的敬畏之心，这三天之内，皇帝不能吃荤腥，不能饮酒，不能娱乐，不能理朝政，不能近女色……有诸多斋戒，所以才把这里取名叫斋宫。

想起"不能近女色"这一条，不禁回头又看了一眼站在垂花门下拍照的女子。不知道当时皇帝来此住的那三天，是否有宫女陪伴，左右伺候。想即便有，也不会让宫女如同侍卫一样站在寝宫的大门口正中央吧？如今，再没有了前人祭天的那份敬畏之心，也没有了那繁文缛节的仪式，便也如洗澡连同孩子和洗澡水一起泼出，乱了节气一样，乱了甚至没有了许多章程，只剩下了园林旧景，成为人们拍照的背景。

斋宫院落，除我之外，空无一人，异常安静，只有风吹动西府海棠和紫薇枯枝的飒飒声。如果，真的有宫女，起码不会像唐诗里写的那样：白头宫女在，闲坐说玄宗。因为皇帝不过在这里住三天，不许这，不许那，熬过三天之后，又会起驾回宫，斋戒解除，什么什么的，又都允许了。自然，宫女便跟着一起回宫了。一年三百六十五天，斋宫里，只有那三天有了人气，三天之后，宫门紧锁，宫墙深围，庭院深深深几许。寥落古行宫，宫花寂寞红——这里真正才是。

斋宫一隅 Fuxing 2020.11.15 天坛

9 白头宫女在

10　丁字步

　　天坛，有很多舞者，大多是女的，年龄在五六十岁，甚至更大些，属于大妈级舞者。以前，这样的舞者，一拨一拨的，分散在天坛各处，以斋宫东门前的林荫道上、祈年殿外的红墙下、柏树林或丁香树丛的空地上居多。这几年，尤其是疫情之后，见到这样的舞者少了，也许，是我来的时间有些晚，她们愿意一清早来跳舞，我来时已经曲终人散，她们回家开始准备做午饭了。

　　其中最耀眼的是一群身穿民族服装的舞者。我仔细看过她们的服装，有些像藏族，又有些像蒙古族，有的人戴着的帽子和围巾，甚至手里打着的手鼓，又像维吾尔族。猜想都是随心所欲的改良版吧。那么多人，自己掏钱，定制这样统一的服装，专为跑到天坛里跳舞，真的是一道别致的风景。

　　转眼到了新的一年，疫情初武汉封城之后的那种紧张感，消除了好多。天坛就是风向标和温度计，人多人少，一下子能看出来。像是喘了一口粗气，呼吸了一口新鲜的空气，如今游人多了起来，来跳舞的人多了起来，穿戴着行头或披挂着鲜艳舞装的人也多了起来。

年初这一天上午，我在北门东侧的白杨树下，见到了以前常见到的穿着改良版民族服装的女人们正在跳蒙古舞。现在，她们常常到这里跳舞了，这里成了她们专属的舞台。尽管有些寒风料峭，她们依然到这里坚持舞步轻扬。去年疫情，她们有一段日子没来，得把耽误的时间找补回来。

录音机里，播放着《美丽的草原我的家》。她们的服装，很配这样的曲子和舞蹈。她们的舞蹈和广场舞不一样。广场舞，老头儿老太太都有，没有服装统一的要求，更多是为了锻炼身体，也为了接触交流，打发寂寞时光，甚至能舞出个儿把的黄昏恋来。她们的舞则多了一些艺术的味道，或者说是人老心未老，像在心底泛起的一点期许，微薄，却总也放不下的一点儿抓挠。她们确实比广场舞跳得要好，无论舞姿，还是感觉，都那样地有味道，并非伸伸胳膊伸伸腿的机械活动，只为了消灾解病，健康长寿。

有时候，会让我恍惚看到她们年轻时的样子，想象她们那时候一定比现在要风姿绰约，风情万种，甚至风骚如同歌剧里的《温莎的风流娘儿们》。想当年北大荒那么多由知青组织的毛泽东思想文艺宣传队，无论是演出全场的《红色娘子军》，还是自己编的小歌舞；无论是在知青食堂临时搭起的小舞台上，还是在田间地头甚至是荒草甸子里；那些跳舞的女知青，平常走路都起范儿，即便站着也要丁字步的。感觉那样良好，超凡脱

天坛清晨的舞者

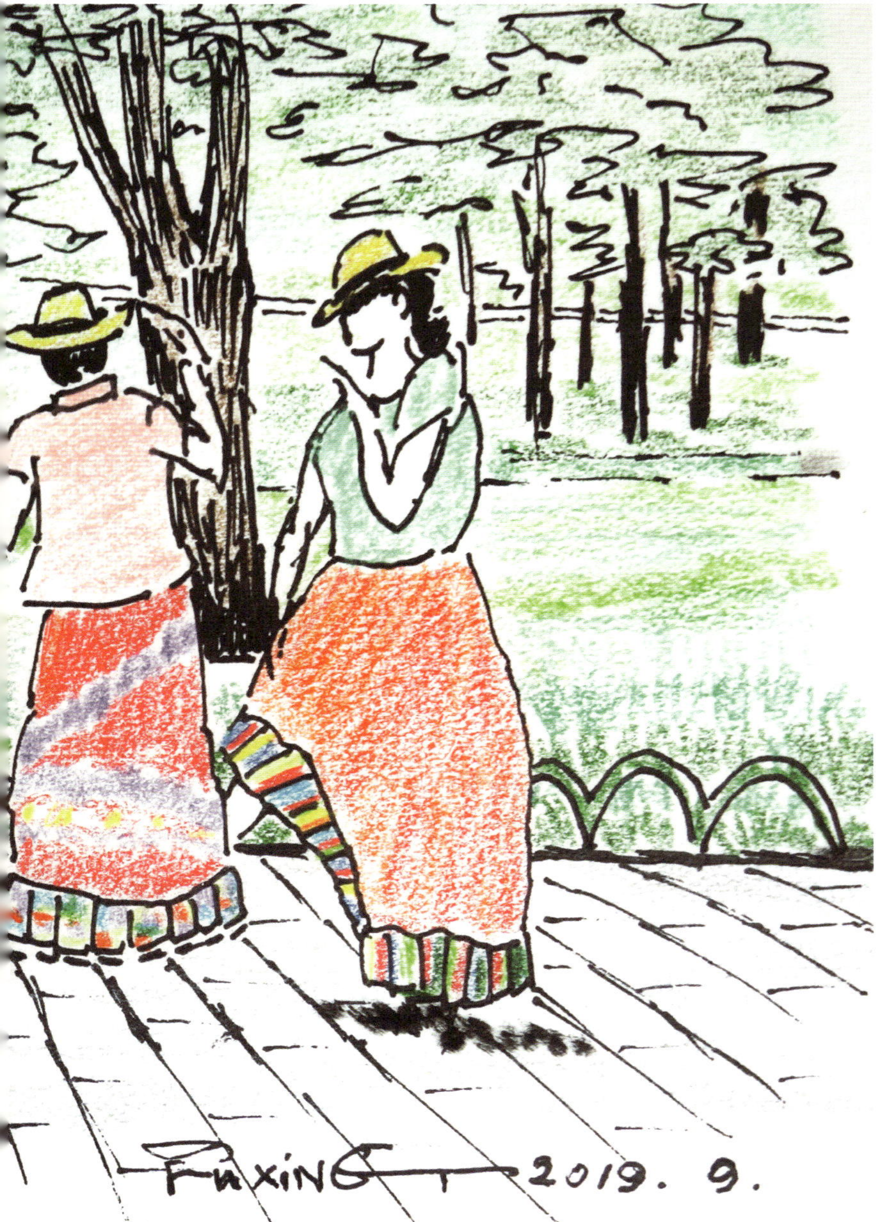
PuXING 2019. 9.

俗，一下子仿佛不是在荒原，而要飘飘欲仙升入天堂。

当然，这后一种，是我有些不怀好意的卑劣想法。我前面的想法，特别是她们的舞蹈和广场舞的不同，如果和她们讲，她们是绝对认同的。

这一天，她们跳了一段，到白杨树下的长椅上坐下来喝口水休息的时候，我对一位站在我面前的大姐说了这样的话，这不是讨好，是实情。她听后望了我一眼，点点头说道：我最烦别人说我们是跳广场舞！

这一群舞者的衣服提包水杯，有的放在长椅上，有的挂在树枝上，或长椅后面的铁栅栏上，或干脆堆在地上。她们在这里换服装，在这里休息，在这里切磋，在这里聊天，这里是她们的舞台，也是她们的后台。高高的白杨树，是天坛里最高的树了，她们选择在这样高高的白杨树下跳舞，实在比在别处更显得爽朗高阔，和她们跳的蒙古舞，天苍苍，野茫茫，那样匹配，比在灯光背景炫目辉煌的舞台更合适。大妈级舞者，在这里跳出了不一样的味道，不比那些在正式舞台上的年轻舞者差。特别是其中有的人身材匀称，个头儿高挑，会让一些已经臃肿的年轻人自愧不如。

我身边的这位舞者就是这样一位身材苗条的人。我夸赞她跳得真好，问她以前是不是练过舞蹈。

她说小时候在少年宫学过芭蕾。考舞蹈学院附中的时候，人家说她身材矮些，没有要她。挺遗憾的。我听出来了，她有些失落，毕竟是一个少女时候的梦。

我想问她今年多大年纪了，又觉得不太礼貌，便问她是哪一届的。她告诉我67届的，属兔。我心里立刻算出来了，今年七十岁了。我们同是老三届。便又问：那你肯定插过队了，我去的北大荒，你呢？"北大荒"三个字，让她兴奋起来，立刻对我说，我也是去的北大荒！然后告诉我：我们农场排演芭蕾舞剧《红色娘子军》，我重新穿上了芭蕾舞鞋，特兴奋！那还是我到北大荒之前偷偷从北京带去的呢，本想留个念想，没想到还派上了用场。好多年没练过功了，练得我的脚指头都磨出了血泡，趾甲盖差点儿没磨掉。遗憾的是没让我演吴清华，只演了一个红军战士。

她快人快语，说得有些遗憾，也有些快感。远去的青春，如今，在这里春风二度，旧梦重温。人老了，有梦能重温，并没有马逐尘去，杳无踪影，也是件开心的事情。

我对她说：你可真是够棒的，去北大荒的时候还带上芭蕾舞鞋。你这是不甘心啊！

说得她咯咯笑了起来：可不是嘛！怎么说也是自己的一个梦，即使破灭了，也曾经有过这个梦啊！

是啊，谁年轻的时候没有一个梦呢？大梦，小梦，都是梦，除了噩梦，一般都比现实要美，更值得回味。她说得有些伤感，或者说有更多复杂的感情。我望了望她，鬓角花白，涂着淡淡的妆。忽然，才注意到，她站得那么腰身笔直，丁字步一直习惯地立着。

舞曲又响了起来，她鸟一样迈着轻快的舞步，走了过去。

很多舞者也都走了过去，跟随着乐曲翩翩起舞，如水流一样，汇合一起，自然而然，涟漪轻轻荡起。我望着她轻盈的舞姿，哪里像七十岁的人，可毕竟已经七十了。岁月无情，梦再美好，也只是梦。望着她身后的白杨树，我想起了北大荒，在北大荒，常见这样高耸的白杨。可这里不是北大荒，是天坛。

11　四个女人

春节过后,天气乍暖还寒,春风料峭,却有了些暖意。那天午后,进天坛北门,往西一拐,高台的白杨树下,有好几个靠背长椅。刚落座不久,从我身前走过三位女士,个头儿高挑,身材清瘦,都穿着长摆薄呢大衣,棕、红、蓝,颜色不一,裙摆下都露一截黑裙,很时髦的式样,非常显腰身。她们当中一位紧跟着坐在我前边的椅子上,另外两位分别站在椅子的前后,和坐着的女士聊天。

我注意打量了一下,年龄四十多,坐着的那位稍微大一点儿,脸色有些惨白,偏偏穿着最艳的红色大衣。站着的两位亭亭玉立,神情活泼,正从包里拿出小吃饮料,递给坐着的那位。她们的鲜艳衣着吸引了我,赶紧掏出纸笔,画她们的速写。

先画站在椅子前面的棕衣女。没过一会儿,她坐下来,搂着红衣女说话。我便画站在椅子后面的蓝衣女,她很快离开,向我走过来,我以为她注意到我在画她们,要过来看看。却是我自作多情,她走过我的身后,走到我坐的椅子旁边的垃圾箱前扔东西，然后迅速又回到原位。倒是过了一会儿棕衣女站了起来，也走到垃圾箱前扔东西，回来时站在我的身边看我画画，指着画本说：这是画的我吧？把我画得太漂亮了！

得到夸奖，我赶紧投桃报李说：你本人比我画的更漂亮！她听了咯咯笑起来。另外两位也笑了起来，蓝衣女冲我说：您画的这叫素描吧？原来，刚才走在我的身后，也是看了一眼的。

心里想，被人画得好看点儿，心里都是挺美的，就像人大都爱听好听的话一样。说是忠言逆耳，却不受用。庸常人生，谁都喜欢别人送花，不愿意踩一脚臭狗屎。

她们三人保持最开始的姿势，一坐两站，说着闲话。我接着画她们，互不干扰，各得其乐。午后的阳光很好，已经有了春意温煦的感觉。游人不多，走过的人都会忍不住看一眼这三位衣着鲜艳而时髦的女人。那一刻，她们成了天坛的一道风景。

光注意画画，没怎么注意听她们聊天。她们的聊天是无主题的，东一榔头西一棒子，不是孩子的鸡零狗碎，就是单位的一地鸡毛，或是对男人的一肚子埋怨。只听见几句话，是棕衣女和蓝衣女在安慰红衣女：心情不好，得多出来走走，散散心……便忍不住多看了几眼红衣女，心情不好？因为什么？出什么事情了吗？或者是病了吗？什么病呢？……猜测着，像看幕刚启时想象着戏里已经发生过和即将发生的情节。素不相识的人，往往更让我萌动好奇心，大千世界，表面的光鲜，是最容易涂抹的一层粉底霜，人生总是有不如意的时候，冲撞着如意的时候。打破了平衡，再想恢复平衡，往往是人生的难处。

正画着，又一位女人从我的身前走过，走到这三位女人的前面，忽然冲坐着的红衣女叫了起来：你也来逛天坛了！真是少见啊！

红衣女礼貌地要站起来，她赶忙按住她的肩膀，让她坐下：你身子骨不好，快坐！快坐！然后，又说，见到你能出来转转，真高兴！

红衣女指着棕衣女和蓝衣女说：她们两人一再劝我出来，今天下午，又特意请了假，非拉我到天坛走走，还非得让我穿这件红大衣！

那女人说：红的好，去去晦气！

那女的和这三个女人意外相逢，格外高兴。四个女人叽叽喳喳喜鹊闹枝一样说起没个完了。都说三个女人一台戏，更何况是四个女人！

12　狐臭

那天，我在斋宫，靠着钟楼的后墙，画前面树木掩映的宫墙、宫墙前的御河，和河上的汉白玉小桥。那里的游人少，一般人进门后都是直奔敬天大殿和后院的寝宫。

我在那儿画了好久。初春的风有些料峭，却带有些草木湿润的清香了，想斋宫四周护宫深深的御河里，再有清水环绕就更好了。天坛里，有宫有殿，有坛有丘，有廊有亭，有树有花，就是没有水，如今，作为现代公园，总归是个遗憾。作为园中园，如果和颐和园的谐趣园、香山的静宜园相比，怎么说也是差了点儿水波涟漪。

正在那儿一边乱画一边瞎想呢，一个男人走到我的跟前，愣愣地看着我，好久没有说话。一般人走过来，都是看两眼画，说说话的；即使不说话，也是马上转身走人了。他却只是这样盯着我看，看得我有些发毛，一时不知所措。

突然，他伸手一指，发话了：你就是肖复兴吧？

我忙点头称是。

我就知道准是你。你肯定不认识我了,咱们俩是三中心的小学同学。

我确实认不出来他了。三中心小学在前门西打磨厂老街上,是一所老庙改建的小学校。我们在那里上学的时候,学校礼堂就是庙的大殿,老师的办公室是庙的配殿,我们的教室是庙的斋房。那是20世纪50年代的事了,一晃,六十多年过去了,我们都已经是两鬓苍苍。

不过,"小学同学"这个称谓,一下子把我们拉近,感情迅速地回潮,重返校园时光。我们不在同一个班,也并不很熟,但共同的校园记忆,点点滴滴,瞬间都变得清晰而亲切起来,仿佛逝去得并不远。

他告诉我春节前买了一本我写的《天坛六十记》,就一直想找我。看完那本书,他来过天坛好几次找我,都没有找到,有些怀疑书中写的是不是真的,不是说你常到天坛来吗?怎么就是碰不见呢?我对他说,疫情之后这一年,我确实来天坛少了。他不理会我,接着对我说,书里写到你爱来斋宫,我就到斋宫来碰碰。今天,还真的把你给逮着了!

他这样说,让我很感动。小学毕业,一别六十一年了。一本小书,让我们得以重逢,这是天坛给予我们的缘分呢。真的,要不我们两人就像是两股道上跑的车,一辈子也不会想到在天坛这里相见。小学同学中,老死不相往来的,多得很。

在所有的称谓中,没有比同学情感和内涵更亲切,更丰富的了。如果是男女同学之间,有时会多一些情感,甚至年少的懵懂和暧昧。青春期前后很长一段时间里，向别人介绍说这是我的同学，一般会是男女朋友的代名词，会让对方猜疑或心照不宣。如果是男同学之间，这"同学"简单两字中，会有小学同学、中学同学和大学同学三种区别，小学同学会让人感到最单纯，最可靠，也最牢靠，最值得信任，哪怕是几十年没有见过面，也会感情如故。

我们两人站在那里聊了很久，小学校园里那些陈芝麻烂谷子的往事，以为早就忘记了，一下子却像一只只小蝌蚪一样，摇着尾巴，晃着脑袋，那么神气活现地又游了过来，并没有长大，变成青蛙，最后煎炒烹炸上了餐桌。那时候觉得那么好笑，现在觉得那么温馨。那时候觉得那么严肃，现在忍不住觉得那么好笑起来。一般而言，对自己童年和少年的回忆如昨，还能够清晰地记得那些温馨往事和微不足道的点滴的人，特别是人老之后，经历过漫长岁月之后，还没有忘怀这些的人，都是性情和心地善良而温暖的人。因为这些童年和少年的馈赠，已经变为一种营养，潜移默化地影响着他们的人生。

忽然，他对我说起他们班的班主任，问我记不记得她。我说当然记得，咱们上四年级的时候，她刚从师范学校毕业，来到咱们学校当老师，教语文，长得挺好看的，课讲得也生动。她不教我们班，但给我们代过课，不光男同学，女同学也都爱她来代课。

他说：你说得没错！你知道，我那时候调皮捣蛋，好几批入队，都没有我。你别看她长得挺好看，平常和颜悦色的，训起人来，脸拉得老长，可厉害了。她没少批评我，还到我家里找家长告状，一点儿不给我留情面，她离开我家，我爸就给了我屁股一通扫帚把子。我挺恨她的，给她起了外号叫"母夜叉"！

是吗？我非常奇怪，他这样说，和我印象中的这位漂亮的女老师完全对不上号。就问他：你给她起这么恶毒的外号，她知道吗？

怎么会不知道？我当时想，她爱知道不知道，知道了，才好呢！

你也够冲的！

他望了望，对我说：我不像你，你在咱们学校是好学生。我不行，在老师的眼里，我就是嘎杂子琉璃球。一直到六年级都第二学期了，六一节我才入的队，在我们班是最晚的一个。说起来，也怪丢脸的了！心里想的是，还不是她和我成心作对，故意刁难我？她是我们班主任，谁能入队不能入队，大队辅导员还不得听她的意见？

那倒是！我应声附和着，她只是给我们代过课，我对这位老师毕竟不了解。有的老师面狠心善，有的老师却确实面善心狠。做学生的，碰上什么样的老师，完全靠运气了。在小学阶段，能够遇上一个或两个好老师，就算运气不赖！

他接着说：虽然入队晚了，但当时我还是挺高兴的。我没有想到，我们班主任，显得比我还高兴，当大队辅导员给我戴上红领巾，我从咱们学校礼堂的台上走下来时，你猜怎么着，我们班主任，她激动得一把把我抱在她的怀里。我跟你说实话，当时，我愣住了，因为从来没有人这样拥抱过我，我妈都没有。

这场景，我没有见到。看得出，六十多年过去了，重新回忆这样的一幕，他比当时还要激动。

然后，他忽然对我说：你可能不知道，她有狐臭，把我抱在她怀里的时候，那股味道很呛人！

我听了一愣。过了一会儿，他又说：你说这都过去几十年了，那股子味道怎么还冲鼻子呢！

说完，他望着我笑了起来。

13　女画家

三八妇女节那天，在双环亭北侧的小树林中，我看见有个人在画画。以前，在天坛，能看见有好多人画画，去年疫情以来，几乎再没有见到，这是这一年以来我见到的第一位画画的人。

我走了过去，是位女人，坐在一个黑色的小塑料桶上，面前支着个画架，正在画一张中国水墨画，画的是面前灰色的内垣墙，和墙前的几棵疏枝横斜的枯树。这天的气温不高，又有些雾霾，天和地都是灰蒙蒙的，和这一道灰墙和几棵枯树，倒是色调很搭。身后不远处的双环亭内，有几拨老人呼叫着扑克牌打得正欢，她在这里安静地画画，相得益彰，构成那天下午天坛动静相宜的一景。

我站在她身后看她画画。她画得不错，一看就是那种经过一定训练的。再看她的装备，画架上有墨有水有彩色的颜料，地上放着一个硕大的布袋，里面装着画具和画本，布袋旁边倒着一幅水彩画，一看，画的是她旁边的几棵参天大树，背景隐约有双环亭,翠绿色的柱子和座椅,明艳跳跃。显然是刚刚画完的,湿漉漉的,还没有干。我弯腰拿起这幅水彩,夸赞道:画得真好!她立刻礼貌地站起身,和我聊了起来。

这是一厚本水彩画,我翻看着,里面有她画的漓江山水、东京景物,还有北京动物园和白塔寺的风景。我问她用的什么牌子的水彩,她告我是梵高牌,是好一点儿的水彩颜料中便宜的,你看,我画上用的颜料多。我又请教她这纸是不是有点儿厚和粗糙了些。她摇摇头说:这是专业的水彩纸。最后,我把疑问抛向她:您的这些画怎么有点儿像水粉了?她点头说:好多朋友也说我用色太重了。我附和着说:水没有完全把颜料洇开,水彩的感觉,没有完全地出来啊。

这样一说,她望了我一眼,问道:您是不是也画画?

我说:我也画,但没有您画得好!

她立刻热情地说:我们有个画画的群,叫北京写生群,全国很多大城市都有,一个海外回来的年轻人建的,定期组织大家到各处写生,参加的人大多是退休的,也有画家呢,是免费的。你也可以来,大家凑在一起,互相学习!

我们聊了起来。仿佛天坛遇故知,画画,如一道清水回环缭绕,将陌生的人迅速沟通,心地湿润清新起来,连身边的枯树枯草也回黄转绿了。

我知道了,她今年六十三岁,姐姐是画画的,耳濡目染,从小跟着学。长大以后,分配到一所中学的校办厂当工人,学校正缺美术老师,看她会画画,调去当美术老师。当老师需要文凭，便考入教师进修学院美术系，学了两年。那时候，孩子正小，一边抱着孩子学，一边教学生，一边自己画，一直到五十五岁退休。我对她说：您这也是半科班出身呢，怪不得画得这么好！

她摆摆手说：2017年，我才正经学水彩。花钱在网上学，有老师教。这不，最近又学中国画。她指指画架上的画。

我说：看您这幅画得是中西结合，中国画没有阴影，您这树有。您这树的叶子，不是芥子园里的画法，用的是皴笔，也不是中国画的皴笔用法，有点儿西洋画印象派里点彩的写意。

她有些得意地笑了：您还真懂画。

我连忙说：是喜欢，不是懂，看您的画，真是羡慕您！您的风景画画得多好啊！

她立刻纠正我，说：其实，我的人物画画得更好。

我指着地上的布袋问：这里有吗？

我没带。说着，她拿出兜里的手机，自言自语道，这里也没有。然后，她从兜里又掏出另一个手机，说道，这里有几张。便打开手机找到让我看，是张头像，钢笔，流畅的线条，简洁的轮廓，逼真的眼神，画得真好。翻到后面几张，是钢笔风景速写，更漂亮，见水平。

我对她说：看您这些画得多好啊！怎么不接着画了呀？这些风景，要是钢笔淡彩，多好啊！

她说：人物画，得有模特，谁愿意一坐坐上一个小时等你画呀？你给人家画丑了，人家还不高兴。钢笔淡彩，以前我也画过，画幅都小，还是画水彩好，水和颜色融合再蔓延开，就像一种东西，在你眼前意想不到地打开了，特别地有意思。

我说：您这是越画越好，不满足以前小幅的了，是想往专业上靠呢！

我们两人都笑了起来。人往高处走，水往低处流，画画，让她的心气儿越老越高。三八妇女节，一个人跑到天坛来，自己给自己庆祝一下。

她家住阜成门，是骑电动车过来的。电动车，前几年接送孩子，如今，派上了新用场。这些家伙什，都能塞进大布袋里，放在电动车上，比挤公交车方便。这一个大布袋，挺重的呢。画画，像施了魔法一样，让这么重的东西和这么远的路，变轻，变近，更让她自己变得年轻。

14　春天早晨的诗

　　春天的早晨，天坛里的空气格外清新，松柏古树散发出的气息，是在别处闻不到的。这种气息，带有时间穿越而来和岁月沉淀之后的负离子，一般杨柳之类年轻树木的气息，是无法与之匹敌的，甚至开花树木的芳香也无法相比。弥漫着这种得天独厚气息的公园，只能是天坛。

　　这时候，来天坛的老人居多，老人和古柏那样地契合，摇曳着的青青的柏叶，是白发银须的另一种形态。这些老人大多在锻炼身体，也有穿着漂亮的春装跳舞的，多是女人。跳舞，也是锻炼的一种。

　　我坐在丁香树丛的长椅上，翻看一本《英国诗史》。这是一本1997年出版的老书，看它，并非为了解英国诗歌的历史，只是临出门前随手带上的，走累了，无聊时，翻翻而已，就像老人出门时随手带上的一根拐杖。

　　每一株丁香树下，都挖成一个四四方方的浅坑，是在培土，准备浇开春的返青水了。新鲜的泥土，像新生婴儿一样清新，即使黑色，也黑得油亮，湿润。丁香花开的日子还要等一个来月，花开的时候，这里一片花海，香味浓郁得像长上了翅膀一样四处乱窜，来拍照的人很多。丁香树的花开和凋零，是完全不一样的，如果叶子都落光，枯枝散漫如乱发，摇响在凄清的寒风中，更是不一样的风景。那时候的丁香树灰头土脸，像土拨鼠，很有些丑陋，让你想象不出它们也曾有过花开青春季节的辉煌，让你感慨老去时的苍凉和无奈。树的四季，其实就是人的一生。只不过，树可以轮回。

这时候丁香树虽然还没有开花，却已经有点儿绿叶了，正在做青春返场大戏前的热身。微风温煦，人又少，很清静，最适合坐在这里，愣愣神。有本书陪伴，随便翻翻，更有一种红袖添香般的惬意。我想，这不仅是我，也是不少读书人最浅薄的自我安慰吧。想想一冬这里都没有坐过包括我在内的一个游人，会惭愧自己的冷漠和忘恩负义，那么快便忘记了这里曾经花开如海的烂漫。

这时候翻书，颇似占卜，随手翻到哪页便是哪页，看看这一页说的是什么，和自己有什么联系，冥冥之中如古人神谕一般，给人某种神秘莫测的隐喻或暗示。特别在天坛看到这样的诗句，更会觉得有如某种从天风浩荡中传来的上天的旨意一般，让你有一种在别处难以体会得到的阅读快感和领悟。

这一天早晨，我随手翻到的是这本书的第171页，介绍弥尔顿的长诗《失乐园》中的一小节，是夏娃在伊甸园里的一段深情告白。其中有这样几句：

天坛一隅　　Ruxing　　2021.4.6.

> 早晨的空气好甜，刚升的晨光好甜，
> 最初的鸟声多好听！太阳带来愉快，
> 当它刚在这可爱的大地上洒下金光，
> 照亮了草、树、果子、花朵，
> 只见一片露水晶莹……

《失乐园》，只是听说过，从来没有读过。现在，我对一切长的东西，都有些望而生畏，失去了耐心，更缺少了好奇，想来确实是人老了。翻到这一页停下来，主要是看到了"早晨的空气好甜"这一句，和此时的早晨情景那样吻合，完全是望文生义，并非真的看懂了这几句诗。弥尔顿说"早晨的空气好甜"，还说"刚升的晨光好甜"。我能感到空气好甜，却没有感到晨光也好甜。晨光，也能够好甜吗？这是诗人的语言。所以，我成不了诗人。

读完这一节诗，不知为什么，忽然想起了我的一位朋友。

他是我北大荒的一位荒友，比我晚回北京好几年。1974年春，北京到北大荒招收高中毕业的北京知青回北京当中学老师，那时候，他是可以和我一起回北京的。他也是高中毕业生。可是，他没有报名。我知道，他有一个女朋友，是北大荒当地的人，被称为"柴火妞"。但是，柴火妞和柴火妞不同，他的这位柴火妞长得很漂亮，那些自以为长得有些姿色的女知青与之相比，也是相形见绌的。这是让他最动心，也是最割舍不下的原因。我离开北大荒的前一夜，大家聚餐，为我送别，他喝醉了。

知青大返城，是在粉碎"四人帮"之后，在1978年之后。绝大部分的知青都陆续回城了。他没有。并不是坚守以前那种"扎根边疆"的雄心壮志，而是为了爱情。有不少朋友嘲笑他：什么爱情，就是看中了人家的脸蛋儿，走不动道儿了呗！他不以为然，爱情之中，难道没有爱美这一项指标吗？一见钟情的情从哪儿来的？很多还不是先从脸蛋儿的美来的吗？这是他的爱情与爱美相互关系的哲学。

大多数知青都回到北京，一时待业在家，都开始忙着找工作，找房子，好安稳落脚，大家和他联系少了。两三年过去了，大家以为他肯定和人家结婚，没准小孩儿都有了。可是，就在某一年的冬天，他独自一个人回到北京。大家才知道，他没有结婚，不是他不想结婚，而是人家坚决不和他结婚。别看人家是个柴火妞，泥人也有个土性，主意大得很，不像有的柴火妞一门心思想进北京，匆匆忙忙嫁人，结果人到了北京，户口落不上，工作找不到，房子又没有。她不想过这样狼狈不堪的日子。她说她认命，是什么虫爬什么树！我见到他时，他这样对我说。说得很是无奈。

算一算，从那时到现在，我已经有四十来年没有见过他了。只知道他一直没有结婚，曾经有好多知青朋友，给他介绍丧偶的或离婚的女知青，知根知底，人都老了，脸蛋儿都皱成了枯树皮，还能起那么大的作用吗？起码可以搭帮过个安稳的日子，何必自己苦自己，一个人孤灯冷灶地过这样凄凉的日子？他都没有同意，一直就那么单着。想想，刚返城那会儿，他还不到三十岁,现而今七十都过了,人生再长,也没有再一个四十年可过了。

  知青的爱情,是知青人生的一部分。在上山下乡的历史大背景下,知青人生命运的轨迹基本相似,但爱情却不尽相同。如我的这位朋友,在知青的爱情故事中,虽然是极个别的,但是,其悲伤和无奈中所隐含的,不仅有时代的气息,也有爱情最宝贵的信息,便是爱情的真诚如一。尽管有些老掉牙,如一个过时的童话,但应该有一定的爱情的要义与本质在吧,或者说应该是爱情的一种吧?在世俗的社会中,这样的爱情之义和爱情之举,却变得稀少,甚至变质变味了。和如今天坛里相亲角那些纸牌牌上明码标价写的物质要求相对照,再想想如今婚配流行的说法:有车有房,父母双亡,实在让人感叹。我的这位朋友这种"望夫石"式近乎偏执的固守,即便有些可悲,却也有些我们如今自愧不如的东西。

  弥尔顿在这一节诗的最后,还有夏娃对亚当告白的这样几句:

> 但是早晨的空气也好,鸟的欢歌
> 也好,可爱的大地上刚升的太阳
> 也好,带露的草、树、果、花朵也好,
> …………
> 没有你,什么也不甜蜜。

对照这一节诗的开头,"早晨的空气好甜,刚升的晨光好甜";最后弥尔顿写道,"没有你,什么也不甜蜜";如此悬殊的对比,让我的心头一震。这一震,并不是为弥尔顿,而是为我的这位朋友。

"没有你,什么也不甜蜜。"还会有人相信这样的诗句吗?不少人转身换装一般,早已经换上了"缺了穿红的还有挂绿的"的流行小调了。

15　双枪老太婆

进天坛南门，往西走一点，甬道北，有一大块空地，四四方方，很宽敞，足有几个篮球场大，被四周的柏树林包围。柏树不高不粗，都很齐整，是这些年后栽的。奇怪的是，当初，铺铺展展，密密实实，栽种这一片林子，为什么独留下这样大的一片空地？如果留下这片空地，是有规划的，为什么这么多年一直闲置？除了四周安放有几个木条凳，一片空空如也。地面也没有做硬化或任何的处理，依然是土质的，风一刮，尘土飞扬。

有时候，我会到这里来画画。常有家长带着孩子到这里玩，这里宽敞，可以让孩子可劲儿地疯跑，又是土地，即使摔倒了，也没关系，不会磕坏了胳膊腿，顶多爬起来，拍拍身上的土，接着再玩。这里成了儿童游乐场，尽管没有一点儿游乐设施。一般都是老人带着孩子来，看孩子玩，自己坐在旁边晒晒太阳，和同来的老人聊聊天。周末休息日，也有年轻人带着孩子来，在这里踢球或打羽毛球。老中青少几代人都有，人来人往的，挺热闹，方便画速写。

春日上午，阳光温煦，我坐在那里画画，身边的凳子上坐着一位女人，和站着的一位女人聊闲天。听说话的口气，两人彼此认识，不是街坊，就是同事，常到天坛来玩。两位的年纪相差无几，都有六十来岁。引我注意的，是坐着的女人，她的一身穿戴很时髦，宝蓝色的风衣，花盆式的大翻领，蓬蓬袖，都不是这种年龄的式样，特别是宝蓝色，很有些艳，更是属于年轻人喜欢的色彩。不仅如此，还足蹬一双深棕色的长筒靴，那鞋方跟虽不算高，也得有三四厘米，真有点儿担心她会走道崴脚。

站着的女人，一边说话，一边用眼睛的余光看着正在疯跑着放风筝的小男孩，那孩子也就四五岁的样子，说是风筝，其实就是自己用纸糊的"屁股帘儿"，根本谈不上是放风筝。"屁股帘儿"呼扇呼扇的，总也飞不起来，在孩子的身后，像条小狗一样追着他蹦着高在跑。

坐着的女人指着孩子说：看你多好啊，有个孩子，多好玩啊！

站着的女人说：好玩？你可不知道，弄一个孩子多累呢！清早醒来一睁眼，就得不错眼珠儿盯着，生怕孩子磕着碰着出一点儿差错。这一阵疫情闹的，幼儿园闭园，孩子都让领回家，他们小两口可倒好，一点儿不带操心的，倒是真够放心的，大撒把，把孩子都甩给了我，好像这孩子是给我生的！

不管是为谁生的，你就别抱怨了！有个孩子，总可以享受天伦之乐!

天伦之乐?站着的女人撇撇嘴,哼了一声,说道:什么天伦之乐,纯粹是天伦之累!

行了,你别得了便宜卖乖啦。甭管是天伦之乐还是天伦之累,你说这过日子过的是什么?还不过的是孩子?没个孩子,等于没个抓挠,没个盼头。家里只剩下老头儿老太太,大眼瞪小眼,就剩下吃喝和喘气,一天到晚,连个孩子的哭声笑声都听不着,这叫什么日子?

你不会让你闺女给你生一个?再不生,岁数大了,就没法生了!

你又不是不知道我那闺女,没少跟她费唾沫星子!她倒是得听啊!前几年,把她催急了,给我送来一条哈巴狗,说您不是一天到晚想要孩子吗?给您!这就是你的外孙子了!

站着的女人笑了:你闺女说得也没错,现在,那狗让你养熟了,心肝儿宝贝儿地叫,不也真的成了你的孩子了吗?

孩子?叫它它倒是摇着尾巴,汪汪地会冲着你答应,可它能像你的孙子一样,会放风筝吗?会唱歌吗?还会给你背唐诗:鹅鹅鹅,曲项向天歌吗?还会管你叫奶奶吗?你说,能有你这样的乐儿吗?说着,她自己也不禁笑了起来。

我知道,现在的年轻人,很多不仅不愿意要孩子,连结婚都不愿意,甚至连搞对象都不想。工作不稳定,房子"亚历山大",自己已被生存的压力压得实在喘不过气,哪里还敢再要小孩儿?看到身边的同龄人,结了婚,有了孩子的窘迫,上幼儿园得求人，上小学得买学区房，上中学担心孩子早恋，大学毕业了又为找工作焦头烂额……一连串的烦恼，脚后跟紧打后脑勺，得忙乎一辈子，图个啥呀？算了吧！自己活着已经够难的了，就别让孩子再受二茬子罪了。

敢于要孩子的，尤其是还敢于要二胎的，都是这个时代的英雄。在要孩子的问题面前，两代人的态度是不一样的，即便老人大包大揽承担了养育小孩的一切，不少年轻人还是一肚子的忧虑与百结难解的担心，缩手缩脚地败下阵来。老人便无可奈何，任由年轻人去了。一晃，孩子进入中年，父母进入老年，小孩儿的话题，不再吵了；小孩儿的梦，不再做了。于是，这一代的老人，便成了这样两种：坐着的女人发着牢骚，站着的女人也发着牢骚。坐着的嫌站着的得了便宜卖乖，站着的嫌坐着的不知道如今养一个孩子有多难。

她们两人东扯葫芦西扯瓢地说着，我自己胡思乱想地想着，手里的画笔半天不动。忽然，手机铃声响了。是坐着的女人的手机铃声，她从风衣的左口袋里掏出来苹果手机，但是，手机并没有响。她又从风衣的右口袋里掏出一个手机，看样子，是华为的，这个手机的铃声还在不知疲倦地响着。她打开了手机，接通了电话。

打完电话，她站了起来，对那个女人说：不跟你聊了，我们家那口子来电话了，家里来了客人，我得回家了。

那女人笑着对她说：看你多美呀，比我们都阔，有俩手机，一左一右，二把撸子挎着，双枪老太婆呢！

她一摆手说：都是女儿淘汰下的。

还是你女儿有钱，总换新手机。

也没个孩子，小两口工资都不少，你说挣的钱像你孩子一样花在孙子身上多好，她没这个好地方花，可不都这么瞎花了呗！什么东西都买，买完了，新鲜劲儿一过，就淘汰给了我们。只要一有新款手机，她就买新的，把旧的给了我和她爸。我这儿俩，他爸爸那儿仨呢！

那女的一听，打趣她：仨？跟你一样，一个专接女儿的，一个你们老两口的专机，那一个呢？接谁的？接他初恋情人的怎么着？

她也打趣道：你以为我们那口子像你们家的那位呢？

两个女人都忍不住开怀大笑起来。孩子，让她们一个乐一个忧；手机，让她们都像捡了个乐似的，乐和个不停。

小孩子拎着风筝跑了过来，叫道：奶奶！我憋不住了，要拉屎！

两个女人领着孩子，赶紧跑走。宝蓝色的风衣阔摆被风吹起，像一只老鸟的翅膀，在上午阳光的照耀下，很是鲜艳。不用说，这风衣，还有那高筒靴，也都是孩子淘汰的。没有小孙子的老人，比有小孙子的老人，显得年轻好多呢。

16　花椒木手杖

一进天坛北门，东侧高台上，几排白杨树下，有一片开阔的空地。这是老北京人健身的专属之地。天暖之后，每天下午两点以后，有个人提着录音机来到这里，放响悠扬的舞曲，便开始陆陆续续有人来，随着舞曲翩翩起舞，都是三步或四步的交际舞。一般到三点左右，该来的人都来了，人最多，到了高潮时分。这很有些像乡间舞会，在晒麦场或打谷场上，踢踏着欢快的舞步，漾起脚下的灰尘，音乐声袅袅地飞进云间和炊烟里。

很多人以前不认识，是到这里来才认识的，每天随着音乐舞步飞旋，渐渐熟悉起来。没有跳舞，难得有这样交流的机会。人们为了交流，创造许多机会和场景，交际舞中的"交际"二字，道出其中奥妙。

这里的交际舞，和豪华舞厅里不同。这里的舞者如同山间流淌的溪水中的鱼，不是舞厅里那些衣着华美的俊男靓女，那是精致鱼缸里的金鱼。这里的舞者自然水平参差不齐，不过谁也不会瞧不起谁，各跳各的，各美其美。跳得差的，一般穿着都不讲究，随意得很，他们到这里跳舞当作锻炼的。跳得好的，可不这么想，他们一招一式，都像模像样，是将这里的舞蹈区别于健身的，更不屑广场舞，而是把它当作艺术对待的。即使不是在舞厅，也是要当作在舞厅甚至是在舞台上对待的。他们都会特意穿着漂亮的衣服，男的或西装革履或专业舞蹈服，女的则是一袭紧腰阔摆长裙，或黑裙或彩裙，脚踩漂亮的高跟鞋。真的是人配衣服马配鞍，有这样漂亮的服装一衬，舞姿显得格外优美，特别是长裙旋转如花盛开，生气勃发，分外动人。再看他们手搭肩、斜歪头的笔挺姿势，更让人感到有几分专业舞者的范儿呢，即使不是宫廷舞会上，起码也是在皇家园林里，颇有些梅须逊雪三分白，雪却输梅一段香的感觉。

来这里跳舞的，大多是老年人。满脸的皱纹和满头的白发，是任何漂亮的服装也遮掩不住的，相反对比得更加醒目。但是，跳舞带给人的快乐，和由此蔓延出的驱散老年人孤独寂寞的交流，却是年轻舞会更是豪华舞厅乃至宫廷舞会中少有的。

那天下午，天气预报：中度雾霾，依然挡不住这些人如约而至，舞曲依旧悠悠荡漾在白杨树下，款款动情而有些忘我。我看到其中有一对舞者，年龄大约六十岁——在这里不算是岁数大的，七十开外的人有的是。引我注意的是，男的步子有些呆滞，几乎是一小步一小步蹭着地皮，小心翼翼在挪。女的是随帮唱影就合着他的步子，一点点蹭着向前。说是向前，因为步子实在太小，只是原地转磨一样打着转转。

我看清了，男的洁白的衬衫塞进裤腰里，外套一件砖红色西式马甲，颇为鲜艳；女的黑色高领束腰毛衣，黑色阔腿曳地长裤，黑精灵一般一身黑。别看动作迟缓，衣着却笔挺讲究。两人的头发都是新染的，黑亮如漆，一丝不苟。我还看到，他们手的姿势很是特别，女的手没有搭在男的肩上，而是右手在胸前紧紧握住男的的一只手，左手拐向自己的背后，紧紧地握着男的伸到她后背的另一只手。这样的姿势，很难拿，在所有的舞姿中绝无仅有，对于女的难度很大。明显可以看出，她是在担心男的跌倒。男的像是中风后有些偏瘫。舞蹈，可以帮助他恢复身体，更可能是帮助他回忆曾经美好的年月。舞曲中飘荡着只属于他们之间的情感。他们紧紧地贴在一起，女的的手更是紧紧地抓住男的的手，仿佛只要一松手，男的就会像一片叶子被风吹走。

我本来想走过去，询问他们几句，刚走两步，忽然发现对面有一位老人拄着手杖，颤巍巍地向我走过来。我便赶紧折过身子向老人走去。其实，是我自以为是的错觉，老人不是向我走来，甚至，老人根本就没有注意到我。他只是独自一人随着舞曲在慢慢地踱步，他没有任何的舞姿，只是让手杖帮助他敲打着节奏，自己跟着手杖，踩着舞步的步点儿。手杖，成为他的舞伴。原来，这也是一种另类的舞者。

我走到老人的身边，看到他的手杖非常特别，不是那种商店里卖的标准化手杖，而是用一根粗粗的树枝或树干做成。手杖上布满一个个突出的疤节，如同密密麻麻的老年斑和突兀的骨节,是当年的风霜留下的纪念。

我问老人:您这是用什么木头做的呀?他告诉我是花椒木。我是第一次见到用花椒木做的手杖。我知道在北方,用花椒木做手杖并不新鲜,花椒木质地坚硬,而且有药物作用,特别适合老人用。但是,第一次见到,还是感到新奇,特别是看到上面有那么多的疤节,还有点儿弯度,一种天然的气息扑面而来,是龙头拐杖都没有的。手杖上涂抹了一层绿漆,只不过年头久了,漆色脱落很多,露出更多花椒木的原色。

我又问老人:您的手杖涂绿漆了?他告诉我,花椒木是在自家院子里种的,得截下一截粗细适合做手杖的,然后抹上油,涂上漆,为的是不让它裂。他又告诉我,这些活儿都是他自己干的,自己给自己找伴儿!

我夸赞他真棒,然后问他今年高寿了。

他瞟了我一眼,俏皮地说:反正比你年轻。然后问我:你今年多大了?

我反问他:您猜猜。

他说:我看你七十。

我说:七十四了。

他笑了:我比你整大十岁!

我赞他:看您多棒啊,耳不聋,眼不花,还能跳舞,身子骨儿这么硬朗!

他笑得更厉害了:跳什么舞呀,就是每天到这里来瞎扭扭!

这位老人,还有那位有些偏瘫的老人,让我难忘。回家的路上，眼前总晃动着那根花椒木手杖。忽然想起匈牙利的音乐家巴托克，他晚年也有这样一根手杖。巴托克晚年患有白血病，到美国的佛蒙特养病，他的妻子给他买了一根手杖，为的是帮助他支撑病歪歪的身子，他的身子已经瘦骨嶙峋，如枯枝上的残叶，在风中瑟瑟发抖，不知哪一阵风就能够将它吹落枝头。那是一根酸苹果木做的旧手杖，成为巴托克很结实的一个伙伴，和他形影不离。

有一天，巴托克挂着这根酸苹果木手杖，到住所前的林中散步，看到一排白桦树倒卧在地，已经枯死多年。他忽然发现，一棵枯树桩的侧面，布满了一个个半圆形的小孔，每个小孔的间距像是用尺子量出来的那样均匀而整齐，而且，每个小孔里面都有一株淡绿色的嫩芽探出头来，摇曳着，在一片昏暗与枯萎中，那样地清新明快。这个发现让巴托克异常兴奋，暂时忘却了病痛，他竟然扔下那根酸苹果木的手杖，蹲下身来，用双手轻轻地抚摸着那一株株嫩芽，回过头对妻子喊道：快来看呀！

妻子走了过去，望着那一株株排列有序的嫩芽，但她没有看出什么特别的地方，能够让巴托克如此地激动万分。

巴托克问她：你看出来了吗？每一株嫩芽都好像用尺子量好了间距一样，真的，是有人量过的。

妻子惊异地说：什么？这怎么可能呢！

他对妻子说：你仔细看看那些小孔。说着，他用手指敲打着那些小孔，嘴里吹出"笃笃——笃笃笃——笃——笃笃笃……"的节奏来，那声音像木管吹出的单音，重复着，节奏却格外精确。他兴奋地告诉妻子，是啄木鸟呀，那些小孔是啄木鸟啄出来的，才会这样地整齐。树倒下了，死了，但那些小孔还在，嫩芽就长出来了，死树就又有了生机。

人至老年，哪怕是被岁月或疾病缠裹下垂危的老年，也会有这样对生命的渴望。巴托克指着枯树桩上的那些小孔对妻子说：时间摧毁了树的枝干，却又让这些小孔繁殖出了嫩芽，生命就没有死亡，而又有了新的轮回。

在巴托克的最后一部作品《第三钢琴协奏曲》，第二乐章那天籁一般"虔诚的柔板"中，就运用了"笃笃——笃笃笃——笃——笃笃笃……"的节奏。那是啄木鸟的节奏，是木管的节奏，也是顽强生命的节奏。

那也是巴托克那根酸苹果木手杖，和我见到的这位八十四岁老人的那根花椒木手杖，敲打在地上和心上的节奏。

17　风景怎么带走

在藤萝架下,和一位年轻的朋友聊天,她指着旁边漂亮的雪松和那一片月季园,对我说了句诗:

> 我会带走我的家具,我的旧沙发,
> 但窗前的风景我该怎么办?

我知道,这是布罗茨基《布鲁斯》中一句有名的诗。她想起了这句诗,是因为她读了我的《天坛六十记》这本书,读到我的中学同学王仁兴舍弃大房子搬家到天坛脚下,就为听天坛的松涛柏浪,为看天坛的美丽风景。她说了自己从和平里搬家到五环外,再看不到和平里的风景而遗憾失落的心情。

这是对比的两极,说明风景不仅对于诗人重要,对于我们普通人一样地重要。和平里,我也在那里住过八年。那里是新中国成立初期北京建设的最早一批社区。和平鸽的雕塑,和它周围小小的街心花园,形成了和平里的中心,那样地幽静。和平鸽的雕塑,在北京所有的街头雕塑里,除了复兴门的那面和平少女的浮雕,就数它最为美丽了。那是北京城经历了多年战乱之后对和平的憧憬与信念。那里曾经是我们全家心目中最美丽的风景。

正是初春,月季园里的月季还没有开,藤萝架上的藤萝叶子没有长出来,再前面一点儿丁香树丛的枝头,刚刚绽露出一点儿猩红色的芽苞,还没有到最好看的时候。但是,此时天坛的风景并不在花,而在于古建筑和满园的古木蓊郁,正像我的同学王仁兴心目中的天坛风景在于松涛柏浪。每一个季节有属于天坛独特的美丽风景。每一个人心目中都有属于自己的美丽风景,正如每一个游人都有属于自己的天坛打卡地。

布罗茨基写这首诗的时候,在美国纽约的曼哈顿已经住了十八年,他因不满意掉进钱眼儿里的房东而搬家。我不知道这位年轻的朋友是因为什么而搬家离开了和平里,我知道自己当初是为房子大些、孩子上的学校好些,搬家离开了和平里。

在上面那句诗的后面,还有这样一句:

我感觉我和它结了婚,或别的关系,
金钱是长青的,却令心幽暗。

诗中的"它",指的是窗外的风景。在这里,布罗茨基将风景和金钱进行了比较,两相对峙下,显然,风景更为重要,因为对比物质,风景属于精神层面,虽清风朗月不用一文钱,却珍贵无价，无法独自占有。如此，布罗茨基才将风景比喻为与之结婚这样亲密的关系——但这只是柏拉图式的精神之爱对于风景的移情别恋。我们毕竟不是诗人，面对风景，没有达到这样的境界。我们舍不得我们窗前的、身边的，或邂逅的惊鸿一瞥的美丽风景，但我们会见异思迁，我们会离开，我们会搬家。我们像蝴蝶和蜜蜂一样，愿意并习惯在更多的花朵前翩翩起舞，拈花惹草。即使我们会和它结婚，也不过是露水姻缘。

房子的漂亮，才是最美丽的风景。最多，我们会把窗外和那里周边的美丽风景，拍成一张照片，然后，挂在自己的房子里，或发在朋友圈里。

我搬离了和平里。她也搬离了和平里。

18　沧桑的杏林

那天中午,我坐在百花亭里,读布罗茨基的诗,读到《我坐在窗前》,有这样一句:

> 我坐在窗前。坐着坐着想起我的青春,
> 有时我笑一笑,有时我啐一口。

忍不住,我也笑了。不知是布罗茨基写得好,还是中文翻译得好,这个"啐"字,太形象,富有感情,毫不遮掩,又那么节制,含蓄,多有象外之意。

该吃午饭了,便合上书,沿亭前甬道往北走,想出北门回家。早春时节,甬道两旁的龙爪槐还未生叶,光秃秃的,虬枝遒劲。径直走到内垣的灰墙前,本想东拐,踏柏树林中小径,斜插至北天门,可以近些,忽然看见内垣那扇月亮门前人影幢幢,不知有何事情发生,便好奇地走过去。刚到月亮门,就看见西侧一片杏林枝头花开繁茂,盛放如雪。树下人头攒动,笑语欢声，分外热闹。

来天坛无数次，这里也常走过，却不知道居然有这样一大片杏树林，大概来的季节不对。一年里，只有到这个时候，杏花才会如此灿烂地和人们相会，平常的日子里低调得很，不像月季花一年有三季都要粉墨登场，花开不断，争相亮相，混个脸儿熟。

我走了过去，先看到树前是一排坐着轮椅的老人。他们并不摇着轮椅到前面树下，只是静静地坐在那里，坐得那样整齐，好像在开会，或者在观看节目，认真看着前面的杏花灿烂地发言或表演。我不知道他们是约好了，还是正好凑在一起，杏花如雪，映彻他们的一头白发如银，倒是如此相得益彰。各式轮椅上的黑漆，在阳光照射下闪着对比明显的光。他们看着花，说着话，不动声色，春秋看尽，炎凉尝遍，一副曾经沧海难为水的样子。

他们前面的杏林，有人说是上百年甚至几百年的古树了，其实不确，天坛以前只有松柏常青木，没有花木。凡是花木，都是后栽的。这一片杏林，是20世纪60年代前后种植的，树龄最多六十多年。不过，也算是沧桑了。在北京的公园里，能见到古杏树的有，但能见到这样一大片沧桑杏树林的，真的不多。在如今天坛的花木中，除松柏蔚为成林之外，大概就要数它们了。

杏树下，大多是年轻人在拍照。他们或倚在树干，或手搭花枝，或仰头做看花状，或挥舞头巾做飞天状，或高举着自拍

天坛春之圆舞曲 Fuxing 2021.3.29.

杆在自拍……姿态各异，尽情释放，花让他们成为隐身人，他们可以少了人前人后的顾忌，也暂时把疫情抛在脑后。有几位年轻的女子，正在树下换装，更是毫不顾忌地脱下外套、毛衣和裤子，套上鲜艳的民族服装——大概是改良版的藏族服装，准备和杏花争奇斗艳。

再远处，杏林的边上，几个小孩子在疯跑，叫喊着，追逐打闹着，脚下溅起阵阵尘烟。

三月中午的阳光下，杏林中一幅难得的有声有色的画。

我回过头，又走到那一排轮椅上的老人面前。忽然，想起了刚才读到的布罗茨基的那句诗：

> 我坐在窗前。坐着坐着想起我的青春，
> 有时我笑一笑，有时我啐一口。

有一天，我也会和他们一样苍老，站不起来。疾病和苍老，是每一个人都要上的必修课。我也会和他们一样，和老伙伴们约好，凑在一起，到这里来吗？不是坐在窗前，而是坐在沧桑的杏树林前，想起我们的青春，笑一笑，又啐一口吗？

关键是要啐一口。

19　此情可待成追忆

4月初的藤萝架，还没有一片绿叶。不过，用不了多久，藤萝花就会像紫蝴蝶一样飞落满架。春天的脚步很快。

我坐在藤萝架下画对面的老太太和她身边的女人，女人不到四十岁的样子，猜想应该是老太太的女儿。老太太忽然侧过头，动了一下身子，这对于我这样的"二把刀"，需要立刻转换画的角度，一下子乱了阵脚。

女儿发现我在画她们，起身走了过来，站在我身边看我画，顺便看看我的画本，说了句：您这是用的水彩吗？我说是。她又问：您用彩铅吗？我一听，便说：你肯定是画画的。她没有答话，羞涩地垂下头。

我翻开一页画斋宫的，对她说：这用的是彩铅。她看了看，"哦"了一声，忽然身子不由自主地往后躲了躲。仿佛彩铅成了伸出的荆棘，要刺着她似的。

我问她：你是学画的吧？

她说了句：以前学过。

那你是科班喽！

她连连摆手说：不是，不是。

那起码也是半个科班出身。

她又摆手：早不画了。说着，不禁又后退了一步。显得特别不好意思。

这个人，真有意思。以往学画的经历，为什么一提起来就这样害羞呢？那又不是什么不光彩的事情。

我不好意思再追问，对坐在对面的老太太说：我给您画张画行吗？

老太太笑盈盈地说：行！立刻正过身来，一动不动，像坐在照相馆里照标准照一样。这个动作，让我特别地感动。那是一种与人为善的本性，是对他人尊重的心性。

画好了，我走过去，坐在她身边，把画递给她看，她夸我画得好，还对她女儿说：画得还挺像呢！

我知道，画得并不像，把头画小了。

女儿还站在那里，望着我们，没有说话。我望了望她，觉得她有些恍惚，思绪飘摇，不知道在想什么。

我把笔递给老太太，说：您在画上签个名，给我留个纪念！

她接过笔，笑着说：我多少年不写字了，都不会写字了！

我说：没关系的，您随便写！

她签上了名，字写得很好看！我指着签名对她女儿说：看，写得多好呀！

女儿只是笑笑，依然没有说话。那笑怎么跟苦瓜一样，有一丝丝苦的样子？

我和老太太聊起天，知道她今年整七十岁了，心里算了算，1951年出生，属兔的，67届初中毕业，当年应该是和我们一起去插队的。她告诉我，躲过了插队，留在北京，后来分配到龙潭湖的玉器厂工作。

那就是手艺人呢，孩子画画受您的影响。

她笑着摆手：哪里是手艺人！就是做盆景。说着话，她告诉我，原来家就住在天坛边上，天桥的东边，建自然博物馆时候，拆迁分到牛街的住房，那时候来天坛近便。我说：现在您来一趟也不远，就是坐车不方便了。她说可不是吗？今天，孩子上幼儿园，闺女有时间陪自己，要不还来不了呢。

老太太慈眉善目，说话那么和蔼可亲，愿意说心里话，对外人不设防，还特别地宽容和鼓励我，仿佛是我的街坊，插队的朋友，甚至有一种亲人的感觉。这种感觉，是少有的。

和母女俩告辞，我来到百花亭前，坐在甬道旁的椅子上，画对面不远处一个正在画画的男人。他支着画架，坐在小马扎上，面前的颜料和家伙什齐全，正经画画的主儿。

正埋头画着，听见有人对我说：到这儿画来了？一抬头，老太太走到我的身边，笑盈盈地望着我。

我站起身，拉她坐下：您坐会儿歇歇！然后，问她：您闺女呢？

她指指前面：在那儿看人家画画呢！

我看见她了，她也看见了我，向我挥挥手，仿佛相识很久的熟人一样。

老太太对我说：那人画的是油画。沉吟片刻，指着她闺女又对我说：以前她也画油画，一张画从早画到晚，画好几天也画不完。她从小就爱画画……触景生情，老太太沉浸在回忆中。

我问道：那干吗现在不画了呢？

咳！老太太轻轻地叹口气。

我问：您闺女不是科班出身的吗？她上的美院还是工艺美校？

中央民族大学美术系。

那不是挺好的大学嘛！

是业大，不是什么正规的。很难画出来，后来就改了行。

听得出来老太太的叹息，其实更沉重的叹息在她闺女的心里。一个从小就钟情的爱好，一个曾经的梦想，在坚硬又尖锐的现实面前，就是这样无奈，即使有千般的不甘，也只能在自己的心里藏着，慢慢地消化。步步成功的人生，只属于少数人；节节败退的生活，则是属于多数人的。我知道，我们很多人都是这样，在灿烂如花的梦想中，走过了童年、少年和青春，在失落和不甘中步入中年，然后，那么快，就到了只有回忆的老年，此情可待成追忆，只是当时已惘然。

女儿走了过来，我递给她我画的对面这个画画的人，她夸了我一句：画得挺好的！那话说得有些言不由衷，又有些欲言又止，还有些神情恍惚。然后，她带着母亲走了，有些忧郁的背影，消失在海棠树斑驳的花影中。

20　童老师

  百花亭前甬道两旁的海棠，说开就开了，而且不用几天立刻就开满枝头，性子很急，等不及似的，爆竹一样，噼噼啪啪，一串串开遍每一棵树。花开似锦的时候，来来往往的游人很多，纷纷给花拍照，或和花一起留影。在这一片粉红色的西府海棠中，有三棵老树，花开洁白似雪，鹤立鸡群，格外醒目，很多人以为是梨花，其实还是海棠，学名叫金星海棠。在天坛，凡是开花的树，都是后种的，天坛很讲究，有自己的布局，不会让它们杂花生树。

  我坐在这三棵金星海棠中花开最繁茂的一棵树下画画，身边椅子上坐着一对老夫老妻，男的站起身来，兴致勃勃地给周围的海棠花照了一圈相，回来时候对我说了句：看你会画画多好！给生活增加好多乐趣！

  我笑了，对他说：我这是瞎画着玩的。

  瞎画也是画，要不来一趟天坛，跟我们一样，只能在这里坐坐，溜达溜达，拍拍照。你就多了乐趣，不一样哩！

他坐下来,对我这样说,一口南方的口音。

我问他:您是来北京旅游的吗?

这话问得他有些不高兴:我就住在北京!已经在北京七年啦!

不等我再说话,他接着反问我:你看我这样说,是不是就明白了,我为什么来北京,来北京做什么了吧?

又没等我回答,他接着自问自答:没错,我是来给孩子当保姆的!真是个快言快语的人。

我们聊起天,知道他是浙江台州人。七年前,他五十八岁,是位中学物理老师;妻子五十三岁,是政府机关的会计;都还有两年退休。这时候,女儿临产,婆婆早不在世,公公年老又有病,没法伺候月子。开始,他们建议请个保姆,话说出口,又不放心,只有他们两口子出山了。便都办理了提前退休的手续,把大本营移到北京,生活的中心围着女儿和新生的小外孙女转了。

一年收入少了十万块钱呢!他伸出两只手,冲我比画了一下。

我对他说:您是为了孩子做牺牲呢!

他摆摆手:牺牲倒也谈不上。命,都是命运吧!

然后,他告诉我:孩子考大学的时候,她岁数小,还是听我的,如果那时候让她考上海或者浙江的大学,离家就近多了。可是,她非要考北京的,我没有拦她,说想考北京就考吧。这不,从一开始命运就定下来了嘛!

她的女儿考入人民大学，读城市管理，本科研究生七年，在北京扎下根，父母跟着她也风吹叶落到了北京。都说父母在哪儿，哪儿就是家；其实，孩子在哪儿，哪儿也是家。他们老两口来北京七年了，帮助把小外孙女带大。本想等小外孙女上幼儿园，他们就撤兵回家，这一晃小外孙女上小学了，每天需要接送，女儿女婿都上班，只有靠他们老两口，更走不了啦。小车不倒只管推，就接着推吧！

我对他说：孩子，你们一手带大的，要你们走，也舍不得喽。您享受天伦之乐呢！

他笑了：那倒是！到北京七年了，别的什么也都习惯了，就是没有一个朋友，很寂寞。这不孩子把她的车给我开，没事我就开车出来转转散散心。北京的公园几乎都去过了。跟你说句不客气的话，我当老师那么多年，在台州，走在大街上，认识我的人很多，都会和我打招呼，我就是进哪个饭馆吃个饭，都有我的学生看见了，早早替我买了单。在北京，谁认识我？

说到这里，他又笑了笑，是苦笑，很实在。独生子女一代，是我们国家绝无仅有的一代，孩子和父母，彼此承担着的痛苦，不仅存在于孩子的成长之中，也存在于父母的晚年生活。

我问他来北京这么多年，老家的房子卖了还是出租。说起老家的房子，他有些兴奋。他告诉我，台州的房子是座四层小楼，前后都是绿地。没卖也没租，一直留着，寒暑假，会带着孩子一起回去住，毕竟那是老家！

接着说起北京的房子，他有些失落。他住西客站莲花池，七年前刚来北京的时候，那里的房价每平方米七万元左右；三年前，孩子换了一套一百四十多平方米的二手房，每平方米已经涨到十万元上下了。真后悔，没有眼光呀，还不如那时候就把房子买了呢！要不怎么说是命呢！

坐在身边的老伴儿一直没有说话，这时候，站起身来，对他说：行啦，快走吧，该接孩子了！

他看看手表，对我说：外孙女下午三点三十五放学，我得两点五十从天坛出发，去接她。

我对他说：您的车停在北门还是东门了？

停东门了。

那您得赶紧走了，到东门还得走一阵子呢！

他站起身来，笑道：停这么久了，还不知道得要多少停车费呢！

他走去了。我忽然冲着他的背影喊道：您贵姓啊？

他转过身，告诉我：姓童。儿童的童。

我叫了一声：童老师！

他一愣，怔怔地望了我一会儿，回应了一声，也像是自言自语：童老师！然后，笑了，像背后的海棠花一样灿烂。

大概七年了，没有人这样叫他一声童老师了。这是久违的称谓，久违的叫法。

21　疙瘩汤

　　星期天的中午时分,白杨树下围成一圈踢毽子的人散了。这里邻近天坛北门,好多人并不是立刻回家吃午饭,而是出北门过马路,路边是磁器口老豆汁儿店,进店买碗豆汁儿,再买俩夹肉火烧,一张牛肉饼,或奶油炸糕糖火烧什么的,就着一吃,回家省得做饭了。价钱不贵,挺美。

　　这家豆汁儿店,最早在磁器口丁字路口南,紧靠着少年之家大门口。我们这样年纪的老北京南城人,少不了到那儿喝豆汁儿。豆汁儿店迁到天坛北门,这一批人,依然对它怀有感情。其实,不过是怀旧而已,因为早已经物是人非,只剩下磁器口一个名存实亡的老地名而已。

　　这里常有这样一圈踢毽子的人,即便是冬天,寒冷也阻挡不住他们。我常到这里画画,他们的年龄比我小,看起来也就五十多岁,撑死了六十来岁。如今,十岁的间隔,就是一代人。我们这一代人,很少见有踢毽子的,倒是能见跳舞的。据说,踢毽子是我国一种比蹴鞠还要古老的游戏,有着两千多年的历史。这玩意儿需要技术，一般人玩不转，踢一两个行，踢出花儿来，难。这有点儿像老年人学书法学画画的多，但学写诗作赋的很少一样。因为，写诗作赋需要格律，需要训练，比较麻烦，写字画画，方便入门，即便再不像，照猫画虎，也会有点儿样子。跳舞也是一样，即便踩不上点儿，舞姿也不对头，扭巴扭巴，都可以叫跳舞。踢毽子，尤其看这群人踢毽子，一会儿倒踢紫金冠，一会儿苏秦背剑，一会儿金鸡亮翅，一会儿翻身探花，相互配合，让那毽子在他们中间飞来飞去，相亲相近，着了魔一样，鸟一样飞着，总不落地，在他们的头上头下飘忽着灵动而奇异的弧线，实在令人叹为观止。胳膊腿得灵活不算，还得有点儿真功夫和默契度才行。

今天的毽子落幕了。已经过了端午，到了初夏时节，踢得他们一身大汗淋漓。听见其中一位男的冲另一位男的喊：怎么？今儿中午咱们班老同学的聚会，你真的不去了？

不去了，你去吧！

那人说着，走到我的身边，他的衣服和书包挂在我坐的椅子旁边的挂钩上。

如今，各种年龄各种名目的聚会，多了起来。也是兜里有了闲钱，也有了闲情和闲工夫，来天坛转一圈或玩一上午，中午聚会的人，特别是到了周六周日，会有好多拨。闹了疫情后，这样的聚会少了许多，以前，如我们这样退休后无所事事的人，先到天坛里转一圈，到饭点儿了，出门去饭馆再聚聚，是常有的事情。天坛周围的大小饭店，为大家提供了方便，吃的也是天坛的余荫，算是借水行船吧。最早，天坛东门对面的全鑫园，体育报社边上的咸亨酒店，我们聚会时常去，咸亨酒店的女经理，也是老三届，有共同插过队的经历，就像上一辈一起打过仗一样，成为大家联谊的情感基础，吃饭打折是必须的。后来，人们常去大碗居、老浒记、成家帮和南门涮肉几个店。说实在的，饭菜的味道，都赶不上咸亨。不过，大家为的是聚会，并不是菜的味道。

这个男人，换好了衣服，从包里掏出保温杯，坐在我的身边，喝口水，歇会儿，望了一眼我手中的画本，问了句：画完了？

老在这里画画，虽然彼此不认识，也算是熟脸儿。我问他：聚会，你怎么不去呀？

他摇摇头，说：没意思，不去了！

我又问：怎么个没意思法儿？喝点儿，吃点儿，聊点儿，凑个热闹呗！

他又摇摇头，有些气哼哼地说：跟您说，这个热闹，我是不去凑了！

怎么？受伤害了？

没错，算是让您给说着了！

他对我说了这么件事。

是上次聚会。也是他们中学同学聚会。在成家帮烤鸭店。刚进店，碰见了老街坊一家正坐门口排队等号。自从搬家，彼此有好几十年没见了，他们居然还能一眼认出自己来，让他非常兴奋，过去的好多人和事，一起纷涌而至，奔到眼前。因为是预订的包间,同学们都进包间了,他还在和老街坊聊呢。多年未见,自然话多,那一家老小,他都认识,可以说,人家的老人,是看着自己从小光屁股长大的。寒暄,问候,打听自己爹妈的身体,打听别的老街坊的下落,问问现在住哪儿,宽敞不宽敞,问问各自小孩的情况,出息不出息,结没结婚,有没有下一代……东一榔头,西一棒子,话像开了闸门的水,长长地流个没完。

一直聊到店家高声叫老街坊的号,陪着老街坊一家进去找到饭桌,看着人家一个个落座之后,才拱手告别。他觉得这不仅是礼数,实在是话多得没有聊够。

等他找到聚会的包间,有些吃惊,也有些不快。他没有想到,饭菜上得这么快;更没有想到,大家吃得这么快。一桌子的菜,都只剩下残羹碟底,一盘烤鸭,更是连一片肉都不见了。只有他的座位前,摆着一个盛满二锅头的酒杯。还有,便是刚刚上来的最后一大盆冒着热气的疙瘩汤。

大家见他落座,埋怨着他怎么才来,然后纷纷举起酒杯,呼叫着要罚酒三杯,要和他干杯。坐在他旁边的人,赶紧把剩下的菜往他的碟子上夹了些,不好意思地冲他笑笑。

他们几乎忘记了聚会还有我。哪怕给我的碟子上留两片烤鸭也好啊。聚会上举着酒杯口口声声说的是不忘老同学的友谊!

那一天的聚会,我只喝了一碗疙瘩汤。聚会AA制,最后,每人掏一百块钱。

他说完,冲我苦笑了一下。

22　天坛小唱

好久没有来天坛了。伏天里的天坛,早晨凉快些。特别是在二道墙内的柏树林里,每一棵树浓密的叶子,都会洒下阴凉,吹来清风。在柏树林里漫无目的地闲逛,最是惬意。

忽然,听到一阵板胡的声音,伴随着有些嘶哑的歌声传来。细听,不是歌,是大鼓书;说准确点儿,也不是正经的大鼓书,而是有那么点儿大鼓书的味儿。显然,属于自创,自拉自唱,自娱自乐。在天坛,这样的主儿有的是,已成天坛一景。

循声走去,见一个六十多岁的老爷子坐在树荫下的一条长凳上边拉边唱,身边坐着个和他年龄相仿的老太太,手里在择茴香,大概是刚从菜市场买来的。四周稀稀拉拉围着几个热心的听众,津津有味地边听边议论。他是不问收获,只管耕耘,低头拉着板胡,摇头晃脑唱了一段又一段,不管听众少得只有这么可怜的几位,权且把面前一棵接一棵密密的柏树,都当成自己的听众。

我听到的是这样一段:

活着不容易,死了也是难,
跟着老婆子,整天净瞎转。
转完了那红桥,又来逛天坛。
先去了回音壁哟,再登上祈年殿。
转了一大圈哟,出去吃早点。
出了那东门哟,有家小吃店。
来碗豆汁儿喝,就俩那焦圈儿。
豆汁儿那叫烫哟,焦圈儿那叫圆。
再来张糖油饼,那叫一个甜。
吃完了回家转哟,该到了吃午饭。
晌午饭吃个啥呀(白)
——来碗打卤面。
卤要自己做哟,面要自己擀;
面要擀筋道,别忘了搁点儿盐;
卤要多搁肉呀,可别那么咸。
老婆子一通忙哟,围着那灶台转。
我要看看报哟,看看这疫情还他妈的(白)有完没个完!
那边老婆子可不干了(白),冲我大声喊:
别在那儿养大爷,快给我剥头蒜。

唱到这儿,唱完了。听众虽不多,但很热情,余兴未尽,纷纷问他:完了?

他点头说:完了。

这不像是完了呀，怎么也得结个尾吧？

都剥蒜去了，还怎么结尾？还再唱，我就成了大头蒜了！

他笑了，看看身边的老太太，老太太不理他，手里忙着择茴香，抿着嘴也在笑。有人打镲说：今儿中午不吃打卤面，吃茴香馅饺子吧？大家乐得更欢了。

我听出来了，完全是想起什么唱什么，一会儿唱，一会儿道白，一会儿是老爷子，一会儿是老婆子，有人物，有情节，完全即兴式的说唱。不过，说实在的，曲子很单调，跟太平歌词似的，就那么一个调调，老驴拉磨似的来回唱。但是，很容易让人记住，而且，唱得真的是好，这词信手拈来，水银泻地，一点儿磕巴儿都不带打的，唱得那么接地气，烟火气十足，能闻得见葱花炝锅的香味儿。如果和那帮抱着吉他唱民谣的歌手相比，比他们还要有滋有味，有趣有乐，有幽有默。

我走过去，对他说：老爷子，您够厉害的呀！这小词儿编的，一套一套的，快赶上郭德纲了！

一听我这么夸他，他非常得意，对我说：今儿碰上行家了，您要认识郭德纲，赶紧把我给推荐推荐，我唱大鼓书、太平歌词，现编现唱，开口脆，没问题！

我对他说：现编现唱，您这手最厉害。您看您能不能给我现编现唱一段？

旁边的人有嫌还不够热闹的，起哄让他来一段。他倒也不客气，立刻操起板胡，张口就来——

这位把我夸呀，不住把头点。
我心里乐开了花（白），
再来一小段啊，谢谢您赏脸。
活着不容易，死了也是难，
不容易也得活哟，不能总耷拉个脸，
谁也不欠你个钱（白）。
您要牢记住哟，笑比哭好看。
您还要再记住哟——
在家千日好哟，出门一时难，
要你健康码呀，还得要核酸。
家里有个宝哟，她是你老伴，
她能给你解个闷儿哟，还能陪你到处瞎胡转，
她能听你唱得跑了调哟，还能给你做顿热和的饭，
——这个最关键！

　　唱到这儿，他用琴弓指着我的鼻头点了一点，然后，收弓站了起来。老太太把择好的茴香装进大花布包里，把择下的烂头败叶装进塑料袋里，也站了起来，笑着用拳头捶了他肩膀一下，说了句：成天就知道瞎唱！也没见你唱成个歌星，给我换俩钱儿花！说得大家哈哈大笑，看着他们两人一前一后相跟着，很享受地走远。
　　老太太背着的花布包，像一朵盛开的大花，追着他们身后转。

没过几天，在天坛的柏树林里，又碰见这位拉板胡小唱的老爷子。大概是刚刚唱完几支小曲，围观的人已经散去，他正收弓休息。我走上前去，向他打招呼，他认出我来，也客气地向我问好。

坐在他旁边的凳子上，和他聊起天来，心里想的，是希望他给我唱歌。他那种即兴式现编现唱，很有现场感，这是借鉴了民间传统的曲艺形式，很接地气。小时候，天桥的地摊还在，有说相声的，唱大鼓书的，可以听到这样的演唱。为了吸引观众，这些艺人会指着现场的观众，现场编一些调侃搞笑的词儿，惹得大家哈哈大笑，按照相声的行话，叫作"砸挂"。有些小曲唱得确实有些俗气，没有我们现在所要求的那些高大上的意义，但是，却很接地气。如今，这样的小唱，除在德云社，基本听不到了，灯光辉煌的晚会中唱的那些大歌和流行歌，更是没有这种紧接地气的唱法了。

我磨着他给我唱个接地气的歌。他笑笑看了我一眼，问我：什么叫接地气？别看这问题简单，把我问得还真一时回答不上来。

他依然笑着说：接地气，往往就会俗气，甚至庸俗，再甚至低俗。你说是不是？

我说：那是，唱的都是平常人家，饮食男女的事，难免会俗气。你就给我唱一个，这里又没有外人，我就想听你唱唱这样的歌。

真想听？他眯缝着眼睛，调侃我一句：我看你文绉绉的，不像个俗气的人呀。

我赶紧笑着说：我就是个俗气的人！吃五谷杂粮长大，放的屁不可能是香的。

他也笑了，笑后往旁边瞟了一眼，顺着他的眼光，我看见旁边不远有个木亭子，油着棕色的油漆，浓密的树荫笼罩下，一片绿荫蒙蒙。我看见了，他的老伴儿正坐在亭子里和人聊天。

我接着磨他唱个俗气的。我很想听听他说的俗气的是什么样的歌。想必是不愿意让老伴儿听到的歌，这逗得我更是撺掇他唱，指指亭子对他说：隔着老远呢，听不见！

行，那我就给你唱一小段，叫作《小老婆上灯台》。你听过《小耗子上灯台》吧？我就是根据它自己瞎编的。

他嗽嗽嗓子，没有拉琴，小声清唱了起来：

小老婆上灯台，
偷油吃她下不来。
（白）她就冲着老头儿喊：
老头儿老头儿你快来，
快点儿把我抱下那灯台。
老头儿赶忙跑了过来，
一把把她抱下那灯台，
顺便摸摸她的奶。
（白）老头儿老头儿，
你怎么这么坏，

为吗要摸我的奶?

（白）老头儿说：

谁让你的奶那么大又那么白！

…………

那边亭子里的老伴儿已经三步并作两步，走到我们的跟前，冲着他叫道：行了，别在这儿瞎唱了，快回家吧！敢情，她已经听到了。

我冲着她说：唱得挺好的！

她一梗脖子冲我说道：好什么好？在家里耍活宝还不行，还跑这儿丢人现眼散德行来了？然后，不容分说地冲他喊道：麻利儿的，走吧！

老爷子只好站起身来，冲我笑了笑，那笑有些像小孩子干了什么坏事，一下子被家长抓个正着，有些尴尬，又有些忍不住自己偷偷想乐。

他跟着她走了。她背着的那个花布包，依然像一朵盛开的花，在他们身后晃。上午热辣辣的阳光下，晃得我的眼睛都有点儿花了。

23　方胜亭私语

　　双环亭的西侧，长廊逶迤，连着方胜亭。在天坛，那里僻静，外地游人，一般很少去，去的大多是北京人，坐在长廊的椅子上，休息聊天，打牌下棋。

　　与双环亭相似，方胜亭也是双亭套合一体，像两个连体人，紧密地融合在一起，你中有我，我中有你。只不过，双环亭是两个圆形的亭子，方胜亭是两个方形的亭子。相比较，方胜亭的木结构更精致精巧，我再怎么仔细看，也看不出来这两个方亭是怎么天衣无缝套在一起的。古代匠人巧夺天工的技艺，不得不佩服。这样的双方亭，在全国的古建筑中，独此一例，是很值得一看的。北京人一般都不叫它方胜亭，叫惯了，都叫双方亭，仿佛它和双环亭真的是一对双胞胎。

　　夏日的中午，这里虽然遮阴，人却不多。紧连亭边的围墙上方，有一扇长方形的漏窗，如同照相机镜头的取景框，借此看外面，双环亭、长廊，和满树摇曳的紫薇，合为一体，呈一幅色彩丰富的画。我坐在那里画这幅画，从我面前走过几个人，走进方胜亭，坐了下来，喝着饮料，开始闲聊。本来，他们随意聊天，我在随意画画，如同两股道上的车，互不干扰，各不相靠。忽然，听到他们当中谁的口中冒出一个人名：你们猜前两天我碰见谁了？然后她说出了这个人名，说得我心头一震。

我的一位中学校友，也叫这个名字。比我晚几届，当年同到北大荒，虽然不在同一个生产队，往来不多，也还算比较熟悉。不过，也可能是重名重姓。这样的情况，常会碰见。我原来以为和我重名的有，但连带着也重姓的人不会有，那年在新疆的库车，碰见一位复员军人，居然也叫肖复兴。

可是，下面他们的话，让我觉得不是重名重姓。

怎么样了？听说他从北大荒回北京后结了婚，还领养个孩子，现在孩子都多大了？

我赶紧转过头望了望他们，三女一男，年龄比我小十多岁，说话的女人对其他三人解释说：真没想到，还真有女的跟他结婚。一般女的，还真不行！那天，我是头一次见那个女的，跟他一起在买东西。

其他三人七嘴八舌地说了起来——

在咱们原来的大院里，谁都知道他在北大荒犯的事，谁敢跟他呀！

听说那女的也是从北大荒回来的！

要说他也真不容易！

那女的也不容易，更不简单呢！

…………

我断定，他们和我的这个校友是原来的老街坊，话语里，有不解，有同情，有佩服，也有感慨。提起他来，真的是一言难尽，五味杂陈。五十多年跌宕起伏的岁月，就这样浓缩在他们简单的三言两语里了。岁月，是多么地脆薄，不经咀嚼，三嚼两嚼，即使是再甜的甘蔗也嚼得只成了渣滓了。更何况嚼的不是甘蔗，是苦艾草呢？

我们汇文中学出来的学生，学习都不错，能力也不差，到北大荒，他很快就在队上的小学校里当上了老师。北大荒的孩子成熟得早，特别是一大家子在一铺炕上滚，爹妈夜里那点儿事，都让他们看得真真的。青春期的萌动，和好奇心搅在一起，常会让个别的孩子出格。他班上的一个女孩子，上学晚，本来就比同班的同学年龄大，个儿也比同学高半头。她姐姐新结婚，中午歇晌的时候，还忙里偷闲回家亲热一番，让她撞见好几回，自然更是心头小鹿乱撞。当然，也不能怪这个女孩子，要怪还得怪我的这个校友，你是成年人，还是为人师表的老师，她只是个孩子，他看着人家长得好看，一时把持不住，便常常在放学之后，特别是晚上，和这个女孩子偷偷约会，发生了如今所说的师生恋。

这一切，当然瞒不过学校其他几位老师敏锐的眼光。问题是，如果这几位老师善意提醒一下他，或是严厉批评他，狠狠骂他，劝他悬崖勒马，甚至哪怕是汇报给队上的头头，让头头出面处理呢，也算是尽心尽责，免了以后悲剧的发生。这几位老师也都是北京知青，一辆火车从北京来的，按理说应该帮助他一下。可是，其中一男一女两位老师，当时正在恋爱，不知出于什么心理，居然心有灵犀一点通，带着他们班的学生悄悄地跟踪他和这个女孩子。这样诡秘的跟踪，成了这两位老师恋爱中的一道新鲜而刺激的花絮，一项重要而刹不住闸的内容。未能如城里的年轻人恋爱到公园的花前月下，他和女学生跑到北大荒夜色暧昧水汽浓重的荒原上，玩起了老鹰捉小鸡的游戏。

大晚上的，月黑风高，这帮孩子，更是觉得新奇，又刺激，更像玩一场猫捉老鼠的游戏，跟着他们的两位老师，前呼后拥，上蹿下跳，乐此不疲。最后，果然如愿以偿，一天晚上，在柴火垛旁捉住了他们两人，其实也没干什么，只是正搂抱在一起。那么多手电筒的亮光，突然聚光灯一样打在他们的身上，吓得两个人一下子浑身战栗，不是分开，而是搂得更紧。

这一男一女两位老师大获全胜，得到了表扬。我的这位校友，最后在"严打"运动中，被劳动教养几年。等他重返北大荒时，绝大多数知青都早已经返城。

他以后的命运如何，我还真不知道。想想他重返北大荒，重新回到他的生产队，重新看到他教过书的学校，知道了那两个老师已经回北京，心安理得地结婚并有了孩子，那个女学生也草草结婚，外嫁到别的生产队。望着那一片曾经杂草丛生的荒原，变成麦浪翻滚的麦田；那几间红砖房的教室，已是残垣颓壁，荒草萋萋；他会是一种什么样的心情和感觉？他是绝对不会知道，因为自己劳动教养的惩罚，让当年的传闻越传越离谱，发酵得不堪入目而不可饶恕。

我甚至不知道他也回到了北京，以为他一直留在北大荒。

而且，更不知道他还结婚了，不知道那个勇敢和他结婚的女人，是北大荒的，还是北京人。好奇心，也有同情心，驱使我很想过去问问这几个人，现在我的这个校友具体的情况。或者跟他们要他的地址，或手机号码。

可是，我忍住了，没有过去。毕竟是一桩伤心往事，我怎么问？人家又该对陌生的我怎么说？即使问清楚了，又能怎么样？事情已经过去了五十多年，滴血的青春一去不返，沧桑的岁月无法追回，我又能对他有什么样的帮助？人生，对于大多数人，不会那么花好月圆，而都是平庸的，特别是在动荡的年月里，很多主观与客观因素交织一起，难以左右或把握的时候，会犯一些幼稚可笑甚至无法原谅的错误，便让本来平庸的生活，平添曲折，骤起波澜，千疮百孔。就像一颗苹果，无论是被上帝还是被恶魔咬了一口，都是带碴儿的了。或者，平庸的生活本身，就都会带有错误的疤痕，只不过有大错小错之分，有可以容忍不可容忍之别吧。

前几天，偶然间读到波兰诗人亚当·扎加耶夫斯基的一句诗：

并非一切都变成歌。
有时候你听到
一句低语或私语。

这句诗，让我想起了夏天那个中午的方胜亭。想起了我的那位校友。

24　红风衣女人

我有两个多月没有到天坛来了,中秋前特意到天坛看花,甬道两旁已经摆上很多盆鲜花,北天门前的银杏树下,今年置放的不是草本的雏菊和太阳花,是一品红,红得沉甸甸的,像是天上晚霞烧红的云彩,落到这里凝固而成。夏天柏树荫下盛开洁白如雪的玉簪的地方,让位给了新搭建起来的圆圆硕大的花球,让本来匍匐在地的草本小花,姹紫嫣红地爬上架,被修剪得花团锦簇,聚众成形。

来到我最熟悉的藤萝架下,春末满架的紫色花串早已不在,但叶子依然葱茏碧绿,丝毫看不出一丝秋天的气息。这里的人很多,远远就看见各色衣裙闪动,如蝴蝶翻飞,还能听到胡琴声和唱京戏的咿咿呀呀的声音。这是这里常见的情景,常听到的声音。不用说,是北京人在这里自娱自乐。

我走进藤萝架,见一群人围着一个拉胡琴的男人和一个唱戏的女人,都有六十多岁的样子,男的坐在藤萝架下的长椅上,身穿一件夹克衫,女的站着,身着一件鲜红的长款风衣,正唱

《霸王别姬》。围观者大多是女人，穿得都跟要参加比赛似的花枝招展，听着，说着，笑着，叫好着。

我坐在他们对面，画拉琴者和唱戏者。一段唱毕，唱戏的女人走到我身前，好奇地看我画的她，说我把她画得太年轻漂亮了。我笑着说她：您本来就漂亮嘛！她确实长得不错，身材高挑而清瘦，束腰的红风衣把她勾勒得更显亭亭玉立。她听了我的恭维，一摆手说：还漂亮呢，都老眉喀哧眼了！我说：您才多大呀，就老眉喀哧眼了？没等她答话，旁边一位胖胖的女人说了：六十七了，属马的，我们都是属马的！我指着他们这群人开玩笑说：你们这是万马奔腾呀！他们都开心地笑了起来。

聊起来，才知道，他们是同学，自疫情以来，彼此都没见过面，这是第一次聚在一起，专门听风衣女人唱戏，顺便聚会聚会。这在天坛是常见的事情，一般都是居住附近的同学聚会。我以为他们也是这样，一问，原来他们都家住朝阳海淀，离天坛不近，专程到天坛，是风衣女人的主意，说在天坛唱戏的票友多，没准儿能碰上，可以相互切磋切磋。

我问风衣女人：您唱得不错，挺有梅派的味儿，什么时候开始学戏的呀？她一听很兴奋，告诉我去年才学的。我连忙夸赞：才学一年多，就唱成这样，您可真了不得！她说：去年不是来疫情了吗？宅在家里出不去，就天天跟着录音学，给自己找点儿活儿干！我说：您这活儿可干得真不赖！可不是每个人学一年就能唱成这样的！

旁边那个胖胖的女人，指着她对我说：她当过我们班的文艺委员，上学时候就能唱会跳。我们全班同学，就她一人上了大学！

她笑着谦虚地说：是工农兵大学。问她学的什么，她说是体育，大学毕业后在中学里当体育老师，一直干到退休，一辈子，眨么眼儿，就快过完了！

聊完了，也画完了，我站起身，转身要走，胖胖的女人拦住了我，指着她对我说：她还想给您跳段新疆舞。看她已经脱下风衣，里面穿着红色的毛线衣，里外一身红，拿着录音机，找到伴奏的舞曲，走到藤萝架中间最宽敞的地方，跳了起来。一看，就是跳过不知多少遍，很娴熟，也很自得投入。

一曲舞罢，她对我说：我再给您跳段蒙古舞吧。说着，在录音机里找到伴奏的舞曲，是熟悉的《鸿雁》。随着优美的音乐，她跳得很尽情尽兴，我鼓起掌，她的那些同学也鼓起掌来，路过这里的游客也鼓起掌来。也许作为旁观者，我只是看个热闹，但是，在这两曲舞中，风衣女人和她的同学们走过了从青春到晚年漫长的人生岁月，舞曲中叠印着他们相互之间很多的流年碎影，以及花开和梦碎的声音。

难得的一次同学聚会。风衣女人，没有埋怨我贸然地闯入，相反把我有些漫不经心的夸赞，当作知音看待，让我惭愧，也让我感动。素不相识，萍水相逢，一点点的信任和知音，会让彼此的心靠近一些，这是人们内心需要的，也是难得的，哪怕只是短暂如风的瞬间。

藤罗架下　Kuxing 2021.10.15文珍

25　天坛福饮

今年,天坛新开张几处西式餐饮店(由过去卖旅游礼品的小卖部改造),卖一些咖啡蛋糕雪糕之类,方便了逛天坛的人。装潢一新的店门前,有醒目的"天坛福饮"的招牌。我吃过两次,价钱不算便宜,还可以接受,蛋糕三明治一般,没什么特别之处,样子挺好看,雪糕做成祈年殿的模样,很受孩子的欢迎。唯一的遗憾,是咖啡不够热。但餐巾纸上印着祈年殿的图案,有点儿意思,便在上面画了张天坛的速写,算是留个小小的纪念。

前几天,去了一趟大觉寺,看九子抱母的银杏树;去年的深秋时节,去潭柘寺,看一千四百年的古银杏树。两次都看到那里有露天茶座。大觉寺是在四宜堂的院子里,这里有棵老玉兰树,春天花开的时候,格外迷人,即使夏秋两季,这里也浓荫匝地,坐着喝茶聊天,是别处难有的惬意。

潭柘寺的露天茶座,在古老的银杏树一侧,桌椅尽是仿古的,和周围的建筑还很搭调。僧招棋弈,寺约茶饮,才符合中国古代寺庙园林的调式。银杏树高大参天，密密的树荫遮挡下来，阳光透过枝叶，洒在茶座上，光影斑驳，茶香浮动。银杏叶还没有完全黄透尽染，半绿半黄，零星飘落在地上和茶座上，如花如鸟，点缀得茶座富有独到的特色和味道。

无论大觉寺，还是潭柘寺，它们的露天茶座，和眼前的古寺和古树，都相得益彰，没有违和感，而且别有一番风味。

试想一下，如果这两处不是茶座，而是咖啡座，还会有这样的效果和感觉吗？

这样一想，便想起了常去的天坛。天坛，当然可以有"天坛福饮"这样的咖啡屋，不过，应该再有几处茶座才好。记得以前天坛里也有茶座，北京不少公园里，都曾经有设茶座的传统，中山公园里，当年以来今雨轩、春明馆、长美轩、柏斯馨几处茶座最出名，尤其是来今雨轩，曾经是京城名人常愿意光顾的地方，古树荫下，牡丹花前，茶香与之最为适配。20世纪90年代末，龙潭湖公园里的茶座还有，设在湖边柳荫下，是人们聊天休闲的好去处。

天坛的古木，比潭柘寺和大觉寺，比中山公园要多多了，比龙潭湖更不在话下。古木荫下，不必多，设几处这样的露天茶座，特别是在夏天，清风伴古木幽香徐来，疏星追落照四面升起，秦时朗月明时坛，古风悠悠，似乎比咖啡屋和天坛更剑鞘相配，能成为人们消闲新的一景。

26　圜丘之西

到天坛，从南门进，感觉特别，因为一眼即可望见圜丘。圜丘后面的皇穹宇和祈年殿也隐隐可见。由于天坛的地势是南低北高，从南向北望去，圜丘、皇穹宇和祈年殿三点一线，渐次升高，一种天势升腾、天风浩荡的感觉，会很强劲。这是在天坛的东西北三个门中都见不到的景观，感受不到的味道。从那三门进，天坛南北一线这样的恢宏景观，都会被绿树等物遮掩，天坛这个园林，会有一种浩瀚大海茫茫无边的感觉。初来天坛的游人，有时甚至迷路，会问到祈年殿怎么走。只有进南门，才有如此一目了然的视觉冲击，一点儿过渡都没有，让天坛一下子和你撞个满怀。

南门，学名叫作昭亨门。它应该是天坛的二道门，也就是说，在它的外面，即南面，应该还有一道围墙才是，不可能像现在这样开门见山，让天坛赫然显露在外。《燕都丛考》中说："昭亨门外，东西石坊各一。"如今见不到了。

圜丘是古时皇帝祭天的地方，按理说比祈年殿重要。昭亨门是环绕圜丘的四座门之一，以此彰显圜丘之地位的显要（祈年殿便没有环绕它的门，而只有一道运送祭品的长廊与之相通）。其他三座门，东叫泰元门，西叫广利门，北叫成贞门，这四座门的元、亨、利、贞，分别代表着四季的春夏秋冬，昭亨是夏之蓬勃生长之义，很好的意思。因此，来天坛，从南门进，意义最好。更何况，公园的东门和北门都是20世纪70年代后开之门，毫无古意；西门则是皇帝来天坛之门，我们平民百姓犯不上去争道蹭光。

一般情况下，我愿意从南门进天坛。进南门东西两侧通往泰元门和广利门的甬道，树荫匝地，前后都是密密的柏树林，夏天特别凉快。一般游人进入南门，都会直奔圜丘，这两侧很是清静，来这里的大多是北京人，散步或跑步的居多。越往东西里面走，越清静。甬道两旁，安放了好多长椅，疫情之前，刚刚油饰一新，深棕色，和墨绿色的柏树林色调很搭，有时会有松鼠从树上跳下来，跳到椅子上，松鼠棕色的毛和棕色的椅子融为一体，仿佛椅子也成了松鼠的家。

那天下午两点来钟，我坐在圜丘西侧甬道旁的椅子上，画树荫掩映下的圜丘前隐约的牌坊。身边走过来两女一男，一边走一边大声说着什么，大概刚刚喝了点儿酒，一股酒味扑鼻。尽管已是深秋，天有些凉，看他们还是出了一脑门子的汗，不停在用纸巾擦汗。他们坐在我对面的椅子上，还在大声说着什么，四周几乎没人，他们的声音显得很响，在寂静的林荫道上回荡着。

我看了看他们，大约五十岁。多少听明白了点儿，主要是其中一个女的在一个劲儿地骂一个不在场的叫"耗子"的男人；另外两个人，一男一女，在劝她。刚才，他们一帮朋友在南门涮肉那儿吃的饭，是"耗子"请的客。前些日子，他把病了好多年的老娘伺候走了，老娘给他留下的遗产，光卖房子的钱就有一千六百多万，还不算老娘的存款。饭桌上，有人好心劝他出去玩玩吧，这些年一直在病床前伺候老娘不离身，把自己挺好的工作都辞了，怪不容易的，现在，手里攥着这么多钱，自己一个人，还不赶紧花？

这是好意。他端起酒杯，指着说话的人说：好啊，等疫情没了，能出国了，咱们先去外国玩玩，到时候所有的费用我来出！

他也是好意。当时，她站了起来，指着在座的所有人说了句：行啊，到时咱们都去！就这句话，"耗子"不爱听了，当场指着她的鼻子，气哼哼地说：你别狗眼看人低，瞧不起我！你以为我请不起大家伙怎么着？再多几个人，又怎么着？气氛一下子闹僵了，饭局不欢而散。这两人赶紧拉着这女的跑到天坛来了。

你说我不就是顺着话茬儿开个玩笑嘛，哪儿就瞧不起他了？

听那女的还在数落，那一男一女，分别劝说着。

男的说：嗐！你又不是不知道，他就是这么个脾气！

女的说：这都有七八年了吧？一直伺候他老娘，再好的性子也憋坏了。你还跟他计较？

男的又说：再说了，他对你一直都挺好的，你呀，就是好话不知道怎么好好说。我们都劝你多少次了，他人不错！现在，他也没有负担了，你也该考虑考虑了！

女的又说：是啊，都这么大年纪了，知根知底的，怎么，你还非要上电视那个"选择"节目上找怎么着？

那女的一听，声音更大了：就他？你们没看见他刚才对我吼那样子？好家伙！饶了我吧！

女的推了她一把，说了她一句：行啦！我看他说得没错，你就是有点儿瞧不起他！

没错！有点儿钱就了不起了？怎么，老虎的屁股摸不得了？

看你！看你！说的这是什么话？

是！你也收敛收敛你自己个儿的脾气吧！

…………

都说，听人劝，吃饱饭。劝人，是一门艺术，尤其是劝在气头上的人，更是一种高超的艺术。因为这时候的人，宁可饿肚子，一般也不会听劝，你就是砸烂了磨碎了，把好话说尽，那话也像是水流过水泥地面，不仅一滴也渗不进去，还会是越扶越醉。我相信，这一男一女这样苦口婆心地劝说，绝对不是第一次了。看她气蛤蟆似的还在一个劲儿地运气，这二位还在一个劲儿地劝，不是好朋友，不会有这样的耐心。

他们的声音渐渐小了。不知是气消了些呢，还是说的听的人都已经累了。

圜丘前的牌坊，我也画完了。由于有树木遮掩，画不成全貌，只能是隐隐约约的一角。

27　紫罗兰色拉杆箱

刚入冬的那天中午,在长廊最北面入口处等人,一个年轻的姑娘,拉着一个拉杆箱从下面走了上来。入口处,有台阶,也有一道斜坡,方便残疾人坐着轮椅上来,也提供给小孩子在上面疯跑或当滑梯。

姑娘是沿着斜坡上来的,上来之后,把拉杆箱放在我的面前,径直跑到前面,请一位游人帮助她拍照。姑娘身穿浅咖啡色的薄呢大衣,拉杆箱是紫罗兰色,拉杆上挂着一个明黄色的礼品袋,几种颜色交错,跳跃得很是打眼。我看了一眼礼品袋,上面"宫廷八件"四个行书大字很醒目,是颐和园听鹂馆出品的特产。

拍完照,姑娘回到她的拉杆箱前。我指着这袋宫廷八件,好奇地问她:你这是刚逛完了颐和园,又赶到天坛来的呀?

姑娘说:不是,我昨天去的颐和园。今天待会儿就回家了。

明白了。像她这样把天坛当作北京之行最后一站的外地游客,有很多。天坛离北京南站近,坐高铁方便,尤其是京沪线的游客，一般都会这样安排，时间紧凑合理。

我问姑娘是哪儿的人。她告诉是苏州的，再一次证明我的判断。

姑娘问我：天坛有寄存处吗？

我摇摇头说没有。

她指着入口处的那道斜坡，说：走这里还好，有它。不知道往里面走，方便不方便？

显然，是第一次逛天坛。我对她说：你要是逛祈年殿和圜丘，那里有好多台阶，拉着行李箱，不大好走。你要是不去那儿，里面都是平地，好走的。

她摇摇手中的门票，说：可我都买了看祈年殿的联票。然后，叹口气说：怎么没有个寄存处呢？

大概是来天坛的外地游客多，而且，逛天坛的，和等火车的不一样，等火车，一会儿就进站，不会等得时间那么久。逛天坛的时间都会很长，像你这样都带着行李箱，放在一起，寄存处得有多大的地方才行呀！

我这样解释着，好像我是天坛的工作人员，在为天坛找辙，在拙劣地自圆其说。

每一次到天坛来，都会看到这样拖着行李箱的游客，到了节假日更多，有的不仅要拖着行李箱，还要带着孩子或老人，逛一圈天坛，尤其是到祈年殿和圜丘，爬上爬下的实在不容易。为什么不设立一个寄存处呢？占地方是必然的，天坛并不是没有空地，进东门内垣，左侧便有一处现成的房子，原来是卖纪念品的礼品商店，最近装修一新，红墙红门，变身为"天坛福饮"，专卖咖啡饮料和甜点了。其实完全可以变成寄存处，计时收费，不见得比"福饮"少挣钱。如果觉得寄存处不如现在红墙红门的"天坛福饮"门脸好看，可以将寄存处放在后面，后面的空间很大。当然，也完全可以把门脸设计得和"天坛福饮"一样好看，这应该不是什么难事，没准还会成为天坛一道新的景观呢。

姑娘拉着她的拉杆箱要走了，看她有些吃力的样子，箱子不轻。我忽然有点怜香惜玉似的指着拉杆箱，对她说：你要是信得过我，就把行李箱放在这里，我替你看着。我反正是在这里画画，一时半会儿不会走。

她看了我一眼，愣了片刻，客气地说了句：谢谢！还是拉着她的拉杆箱，风摆柳枝地走了。

28　轮椅上的老爷子

　　午后初冬的暖阳下,我坐在西天门里的甬道北侧。我爱坐在这里画画,对面的浓郁的树荫中,隐隐约约能看到斋宫的外墙,再远处,还有三座门影影绰绰,景色不错。更何况,甬道直通祈年殿前的丹陛桥,来来往往的各色游人很多,衣着鲜丽,适宜入画。

　　身边来了一位坐轮椅的老爷子,是位中年妇女推他过来的。老爷子好奇地看我画画,和我聊了起来。那女人对老爷子说了句:您先在这儿聊,我去那边,待会儿回来。说罢,转身沿着长椅后面的一条小路走去,不远处,有个白色的藤萝架,里面有人头攒动。

　　老爷子指着女人的背影对我说:我闺女,每一次来,把我撂在这儿,她都上那边去,那儿有熟人,有话说。然后,他笑了笑,又说:整天伺候我一个糟老头子,她说话,我腻烦;我说话,她不爱听,嫌我啰唆。树老根多,人老话可不就多呗!

　　老爷子爱说话,我乐意听,他显得很兴奋,碰见了知音,对我说：你说，我一个人老待在家里，闺女姑爷都不爱跟我说话，来到天坛，人倒是多，谁也不认识，更没法说话，还不让人憋死？

我对他说：您敞开说，我爱听！

不耽误你画画呀？

画画本来就是搂草打兔子的事，不碍事的！

老爷子的话匣子打开了。我也听明白了他大半生的轨迹：今年七十九岁，老家在房山农村，20世纪60年代入伍当兵，因为射击打浮靶是全师独一份的优秀，立了三等功，破格入党提干。复员到北京城里一家二商局下属单位当党支部书记，管着下面好多家副食品商店。后来，超市发达，副食品商店纷纷倒闭，人员下岗的下岗，转行的转行，买断的买断，他是老资格，被调到公司的工会，是闲差，干了没几年，退休，每月拿五千多元的退休金。退休没多久，老伴儿得病去世，前几年，自己过马路被一辆小汽车撞折了腰，如今只能坐在轮椅上了。

我对老爷子说：您够倒霉的！

老爷子摆摆手说：倒霉的不是我，是我这闺女！他冲藤萝架指了指。

老爷子有三个闺女，这是大闺女，今年五十一。二闺女和三闺女，比她小十来岁，上学的时候学习成绩都比她好，后来都考上了大学，结婚之后的日子都比她强。

我们这个老大，不好好学习不说，还早早就搞上了对象。搞对象也不说，非得搞个外地的；搞个外地的也不说，还没有工作。你说让人头疼不头疼？没办法，我豁出老脸，找人说什么也得给他安排个工作呀。可你不知道，我这个大闺女没考上大学的时候，我已经豁出过一回老脸，求人家给她安排一回工作了呀！你说我这脸得有多大吧！幸亏人家觉得我资格老，给我面子，把他又给安排在副食店工作了。谁想到呢，副食店不景气，两口子早早买断下岗，每月那点儿工资，都不够交房租的。这不，他们的孩子要结婚，没房子住。他们两口子把房子给孩子结婚，跑到我这儿住来了，说是可以照顾我。倒也是，每天推我到天坛来转一圈。

我问老爷子：您那俩闺女呢？

那两闺女，每月来家看我一次，每次一人给我一千块钱。我瞒着她们两人，把这钱都给了大闺女了，每月再从我的工资里拿出两千块钱也给她。我那老闺女后来知道了，我以为她会不高兴，甚至不再给这一千块钱了。谁想她只是对我说了句好肉不疼赖肉疼。可你说怎么办呢？我在，每月还有五千块钱的退休金，我要是一走，你说他们两口子可怎么活呀！让他们两口子存点儿呗。好肉用不着疼，自有人稀罕，疼的可不就是赖肉呗。

说着话，大闺女回来了，对老爷子说了句：今儿说痛快了吧？不早了，咱回家吧！还得给您做饭呢！

她推着老爷子走了。轮椅消失在蒙蒙的树荫中。树上已经有不少叶子变黄了，灿烂的阳光下，像打碎的金子，散落在枝丫上闪着光，有些刺眼。

29　初雪后的舞蹈

今年冷得早，11月初就落了初雪。雪还非常大，风刮得也猛。明知道天坛的银杏叶子要被吹落了，还是忍不住去看看。没有想到，银杏叶竟然落得干干净净，片甲不留，枯枯的树枝裸露着树皮，和土拨鼠的颜色一样，灰褐色，有些黯淡，没有了风中金黄叶子的明亮，银杏树一下子塌了架，变得老态龙钟。想起去年这个时候，银杏树摇曳着一片碎金子一样闪闪发光，简直有些像梦一般的不真实。大自然真的是厉害，雕塑师一样肆意雕塑着树的样子，甚至在一夜之间改变整个世界的样子。

不仅银杏树的叶子落光，桃李、丁香、槐树、西府海棠、龙爪槐、柿子树，还有藤萝的叶子都落光了，只有松柏依旧绿荫森森。这就看出了天坛的厉害，它的松柏多，那些落叶树木便被淹没在这样松柏的海洋里了。这时候以至整个冬天的天坛，绿色依然是它的主色调。

从东门走到北门，走过花甲门和百花亭，一直走到双环亭前，看见那里几棵五角枫的树叶没有完全落下，红彤彤地点缀在枝条上，残存的烛光般，在风中顽强跳跃着。有人在树下照相，在初冬的日子，想挽住最后的一缕秋光。逝去的，总是显得那样美好，令人怀念；即将逝去的，更让人有些恋恋不舍。

双环亭中，有几个女人在跳舞。年龄不小，身穿的毛衣颜色鲜艳，宛若春花烂漫。她们嘴上喊着"一二三"的节拍，一对对伸展着手臂次第向前跳过来，再向两旁退去，然后循环往复，好像花瓣渐渐绽开。鲜艳的毛衣起到了作用，暂时遮掩住了白发和皱纹的沧桑，好像春回二度。

我向她们走了过去，一位女人朝我说：你来帮我们录段像好吗？我说没问题。她从包里拿出手机，跳下亭子的台阶递给我。录了两次，看到了两遍春花绽放。她又对我说：你再帮我们照张合影吧。说着，招呼着伙伴跳下台阶，对我说：把双环亭照全，难得我们合影。

看清了，一共六个人。问清了，是社区舞蹈队的，年龄最大的七十多，最小的六十多，属于佘太君祖母级的舞蹈队。还问清了，舞蹈是自己编排的，其中年龄最大的老大姐，是她们的导演。

你们今天怎么到这里排练了？我问。她们告诉我，今天是来拍抖音，双环亭这里景色好。正等着谁能帮我们拍呢，这不您就来了！

我对她们说：选这个地方好！双环亭是乾隆皇帝给他妈祝

寿的,也是祝福你们长寿呢!

她们呵呵笑了起来。

心情,风景,祝福的话,三位一体——尽管只是过年话,也是舞蹈尤其是老年舞蹈必不可少的伴奏。

30 失而复得的手机

冬天的一个中午,坐在长廊外的长椅上,看皇乾殿的一角露出宫墙,疏朗的树枝,在它的身上摇曳着,好像它跟着也轻轻地摇动起来一样,很好看,便画它。画完之后,天已过午,收拾起画本,准备回家吃午饭。匆匆走出东门,一摸衣兜,发现手机不在,仔细一想,一定是在画皇乾殿时,曾经掏出手机,放在长椅上,临走时候忘记拿了。忙又折回,一路小跑,忧心忡忡。如今,手机简直比贾宝玉身上戴的通灵宝玉还重要,丢了手机,后果不堪设想。这一来一回,起码过去十多分钟了,公园里人来人往,不知手机是否还能找回?

一路几乎小跑,穿过长廊,奔向那长椅,正好碰上一位保安,忙问:请问看到没看到长椅上的一个手机?

保安望了望我,笑了。我不明白他为什么笑,是觉得我急匆匆慌里慌张的,显得可笑吗?

他告我:刚广播里播放来着,你去那里问问。说着,他手指前面不远处,那里有祈年殿的售票处。看我疾步在跑,他在后面招呼着：别急！没事的！就在那儿！

在天坛，除游人之外，常遇见很多保安和环卫工，还有维修道旁假宫灯和节日里装饰花坛的工人，大多是外地人到北京打工的。他们都很和气，有时候，我会和他们聊聊天。他们都很知足，觉得比起在别的地方打工，在天坛挺好，每天还不用花门票钱，就能看看天坛，转转天坛。想起两年前在斋宫丢了一个书包，也是一位保安帮我捡到的。

不过，这一次，我确实有些心急，顾不上和保安道谢，三步并作两步跑到售票处，趴在窗口问：请问这里是不是拾到一个手机？没等回答，一眼看见手机趴在售票员身边的柜台上，便指着手机说：就是这个！

在天坛，真的是好运气！

售票员把手机拿过来递给我，大概觉得这个动作有些太快，又把手机要过来，放在台上，问我：怎么证明手机是你的呢？

我说：我打个手机，它响了不就行了吗？

幸亏我还有一个手机，忙从包里拿出来，打了个电话，台上的手机响了。

千谢万谢拿回手机。售票员说：别谢我，要谢那位捡到你手机的人。是的，可是，拿着失而复得的手机，光顾着高兴，忘记问那位捡到我的手机又送到这里的人叫什么名字了。回到家方才想起，心里有些惭愧，自己的事情唯此为大，便那么轻易忘记了人家。

那人是男的，是女的，是年轻人，还是和我一样垂垂老矣？

或者，会不会是那个对我笑的保安？

30 失而复得的手机　131

31　晒太阳的教授

中午时分,双环亭和双方亭下,是北京老人的天下。特别是到了冬天,这里暖阳高照,视野开阔,不少老人都会坐在亭子走廊里的长条椅子上,老猫一样,懒洋洋地晒太阳,吃东西,冲盹儿,或眯缝着眼睛想陈芝麻烂谷子的往事,在心里暗暗骂骂那些恨得直咬牙根儿的恶人。

那天,双方亭中,有个女人坐在那里织毛衣,逆光中,看不清她的面容,但她清秀的剪影,和亭子雕梁画栋的鲜艳色彩相得益彰。我坐在离她很远的长廊这一边,画她的剪影,看见一个男人闯进了我的画面,弯腰在和她交谈着什么。没过一会儿,这个男人走下双方亭,背着手走到我的身边,弯腰看了看我的画,连声夸奖:一看就知道你画得不错,练过素描……还没等我谦虚几句,说我根本没练过什么素描,他不容分说,紧接着又对我说:我也喜欢这个,不过,不是画画,是书法!

我赶忙夸他:那您厉害呀!

说着话,走廊这边走下来一个高个儿的男人。他指着这个高个儿男人说：人家才厉害呢，他是教授！

一起聊起天来，知道他们都常到这里来晒太阳，渐渐熟了起来。他家住沙子口，教授住宋家庄，离天坛都不算远。他弓着腰，笑呵呵地说：到这儿晒太阳，比在哪儿都强！然后，他问我多大了。我让他猜，他说：反正没我大。我问他多大了，他说六十七。教授一直都在听我们说话，这时候插上话，对我说：看你没我大。我问他多大了。他说他1950年出生的。我说：我1947年的……

我们三个小老头儿，在这冬日的暖阳下，比谁的年龄大，像小时候比赛撒尿谁尿得远似的，还充满儿时的天真。

六十七岁的男人走了，教授忽然老眼尖锐地问我：你是学文科的吧？

我点点头。

他接着说：我是学工科的，学的锻压。然后又问我：你哪所大学毕业的？

我告诉他中央戏剧学院。没等我再说话，他紧接着说起自己，好像刚才没有说话的机会，憋得他要一吐为快：我是吉林大学毕业的，在石家庄工业学院教书。这才容得我问他：你毕业后就到石家庄了？他摆摆手：没有，先到了三线工厂搞设计……

说到这里，他忽然停顿了一下，然后，转移了话题：教授，就是说着名声好听，一点儿没什么用。人哪，不能总调动工作，在一个地方干久了才好，像我的一个同学，一直在上海搞设计，现在年薪三十万。我的另一个同学，和我一样退休了，现在还

双环亭下晒太阳 Ruxing 2022.11.20.

在原单位搞设计，不算退休工资，每月还能拿一万五。

我劝他：也别这么说，心情好，身体好，比挣钱多管用！

他说：那是！我在课堂上讲起课来，就忘记了年龄，忘记了一切，心情就特别好。

我们两人一直坐在走廊的长椅上说话，面对着面，他快人快语，说话跳跃性很大，大概一生经历的起起伏伏，在心里瞬间如水流撞击得波涛翻涌，忽然让他有些为自己的人生感慨。

突然，他说自己是学俄语的，问我学什么的。我告诉他学的是英语。话音刚落，他旋风一般蓦地站了起来，黑铁塔一样立在我的面前，脱口而出，高声朗读了很长一阵子俄语。声音高亢有力，浑厚响亮，像是平地炸雷一般，吓了我一跳。他没有看我，也不管我听得懂听不懂，眼睛注视在前面，长廊外一片树木绿荫蒙蒙。他充满激情，一气呵成，回音在午后静静的长廊里回荡着。

朗诵结束，他告诉我朗诵的是高尔基的《海燕》。然后，他强调补充说了句：马克西姆维奇·高尔基。

32　天坛的花鸟

　　花鸟是现代公园一项必不可少的配置。花，大多可以依赖人工栽培；鸟，除动物园外，必须依靠天然。在天坛，愈来愈多的鸟的出现，更可以看作对大自然，对天的敬畏。

　　春天，天坛里的花开得多一些。斋宫里的玉兰谢了，内垣外的杏花、榆叶梅，北天门外的红白碧桃，宰牲亭前高大的一树梨花，相继开过之后，到春末时分，满地的二月兰，紧接着，丁香和紫藤花开得正旺。这时候，穿过丁香林和月季园中的藤萝架，在通往百花亭的甬道两侧，西府海棠夹道，特别是在别处少见的三株白海棠，最是艳丽夺目，在它们前面拍照的人很多。

　　据说现在天坛里大小花卉有一百五十种之多。但是，春天一过，就只有月季园里的月季，到了夏天，在斋宫和东门内垣前的小花园等地，还能看到紫薇和木槿；柏树林中，间或有一丛丛的玉簪，但都布不成阵，与满园苍苍古柏林不成比例。到了秋冬两季，除了国庆节前后会有三角梅和太阳菊等一些草本花卉，植入花盆里面，由大卡车载着运进园中，现摆现放，节后再拉走；便是祈年门前菊花展的折子戏出场，都是赶场似的临时出演；再以后，基本不会再有什么花卉赴约。到了冬季，一直到来年开春之前，天坛公园里，见不到花的踪影。

当然，天坛和其他公园不同，人们到天坛来，不是为了赏花，而是为看古建筑，听松涛柏浪。但作为一座公园，毕竟和原始的祭天圣坛已不尽相同，缺少鲜花点缀，总是有点遗憾。

这是天坛自己也意识到的，20世纪90年代前后，天坛南侧外墙的那一圈商摊撤除之后，腾出了被侵占的地盘，在外墙内侧新建了一片苗圃，为的就是繁荣一下原本欠缺的花木。那一片苗圃占地不小，有一次，我闯入苗圃，正是初春时节，园林工人正在收拾还是枯枝的盆栽月季，从暖棚里搬出我认不出的其他花木。后面还有一排平房，是各品种花卉的办公室。这个地方，成为天坛花卉的大后方。只是，远远不够，天坛的地方实在太大了，再大的苗圃，也难以把它变为植物园。

3月底，百花亭前海棠开得正旺，坐在花前小憩时，一位老者和我聊起天，也为此感叹。他对我说：天坛里这些花都是后栽的，当初补种花时肯定有个规划，不知为什么，独独少了梅花。

说着，他冲我一摆手，不以为然接着说：你看到了秋天，祈年殿前总要搞什么菊花展，那么多的菊花密密麻麻地摆满在祈年门两边。那么多的菊花，如果都换成梅花，你说是什么成色？

他说的这样的话，让我一愣，梅花，如果祈年殿四周种有梅花，是什么样的景致？我真的还从来没有这样想过。不禁望着这位老者，听他继续说他的高见。

他接着对我说：在咱们中国的传统里，菊花是隐逸之花，采菊东篱下，得是悠然见南山。有那么多菊花，热闹地赶在祈年门前，聚拢在一起的吗？

我对他说：如今看花展，还不就是图个热闹！

他瞅了我一眼，苦笑一声，又说道：其实，其他的花，少点儿没什么，少了梅花……

说到这儿，他没再说什么，摇了摇头。

我请他接着说说，为什么少了梅花就少了点儿意思？

他反问我：你说呢？但不等我回答，他自问自答道：梅花是咱们中国最古老的花，你说天坛这么古老，能和天坛相配的花，除了梅花还能有什么花？菊花合适吗？再说了，如今天坛四季有花，唯独冬天最枯瑟，这时候有点儿梅花开，你说那该是什么成色？

我冲他竖起了大拇指。他说得对，在北京好多公园里都有梅花，比如颐和园慈禧太后当年建的乐农轩前，中山公园的社稷坛前，就连离天坛很近的龙潭湖公园，都种有梅花。唯独天坛没有。这有点儿让人匪夷所思。这位老者是智者，智者不见得都是老者，却常常藏于民间。

看网上的统计，2006年，天坛各种的鸟有一百三十种；

2019年，有一百九十九种；还有个数字，说鸟总共有五千余只。不知道这样的数字是否准确，不过，也足可以看到天坛近些年自然环境改善得越来越好，鸟才飞来得越来越多。

天坛唯一的缺点是缺水。因此，众多的鸟类中，没有水禽。我一直做这样的遐想，斋宫原来是有水的，如果斋宫的两道御河里能够重新注水，那该是另一番景观了。

在天坛，我没有见过那么多的鸟。这些鸟不像四月里的二月兰，在瞬间可以成片成片地开在你的眼前。真正想要看鸟，得有耐心和诚心，像钓鱼一样，得坐得住，仔细观察，才能看到。我来天坛这么多次，看见的多是麻雀、灰喜鹊和乌鸦，也曾经偶尔看见过啄木鸟、蓝靛颏儿、乌鸫和雨燕，听见过布谷鸟的鸣叫声，但没有找到布谷鸟的踪影。也许，是见识浅陋，我只认识这几种鸟，可能还见过别的漂亮的鸟，却不知道它们的名字，和它们无缘相识。

以前，从没有见过戴胜。奇怪得很，自从前年秋天第一次见到以后，竟然多次见到戴胜，像是一种缘分，就如同你在天坛偶然见到的一位陌生人，以后在天坛又多次巧遇一样，给你意外相逢的惊喜。

前几天，是3月初的一个下午，在外垣墙前的柏树林里，远远地看见几个人蹲在地上照相，走近一看，是在给戴胜照相。两只，顶着漂亮的冠子，伸着长长的鸟喙，正在草地上啄食。两只小腿在草丛中一蹦一蹦的，悠然自得，像踩着小步舞曲的点儿在跳舞。

我站在那儿看,像看到老朋友,不知道这是第几次见到戴胜了。很奇怪,戴胜一下子像林中的小松鼠一样多了起来。

又走过来一个男人,很惊奇地叫道:这是什么鸟呀,这么漂亮!

我告诉他:是戴胜。

这个男人又禁不住说了句:没见过,还真是漂亮!

我像是戴胜的老朋友一样自居,并自以为是地对他说:这草还枯黄,过几天,草一返青,鸟在绿草之间一蹦,黄色的冠子和它们黑白相间的翅膀一抖擞,颜色才更打眼呢!

那是一定的了!他像相声里的捧哏一样,很给我面子。

我则说得更来劲儿,把知道的关于戴胜仅有的一点儿知识,又好为人师地抖搂出来:别看它们长得好看,可臭呢,人们又叫它们臭姑鸪。

蹲在地上正照相的那位男人,抬起头来,不大满意地冲我说:别这么说啊,人家可是以色列的国鸟呢!

是吗?那个男人更是惊奇了。大家都笑了起来。

我们这么又说又笑又是噼里啪啦地照相,两只戴胜只顾跳着蹦着找食吃,泰然自若,旁若无人。

那个站在我旁边的男人指着它们冲我说:你看它们一点儿也不怕人!

我说:在天坛,它们见到的人多了,可比咱们见多识广。

大家笑得更厉害了。

33　天坛的山

2020年6月初,《北京青年报》陈国华和王勉两位朋友要采访我,我和他们相约说到天坛来吧。疫情闹得,我们多日未见,在长廊外的柏树荫下交谈甚欢。

国华忽然问我:我在档案馆里查资料,说"文革"期间天坛挖防空洞时候挖出的土,堆成了挺高的一座土山,你知道吗?

我听后一惊,还真没有听说过。"文革"之后,很长一段时间没怎么到天坛来。那时候,舍近求远,热衷去香山和颐和园,觉得风景在远处吧,忽略了眼面前的。年轻时,容易好高骛远,患远视病。想想,真正经常到天坛里来,是2007年退休之后,像是重拾旧梦一般,与对天坛的童年记忆续上前缘。才明白,衣服是新的好,朋友还是老的好,故地,也是你的老朋友。

那天和国华、王勉分手后,我独自一人从双环亭绕到西天门,再到南门前的林荫道,顺着圜丘的外墙,折向北一直到西门直通丹陛桥的甬道,转了天坛大半圈,沿途画了几张速写。

以后,很多次再去天坛,我都在琢磨,国华说的那座土山,会在哪里呢？天坛里，有坛有庙有殿有亭，但是，天坛缺水和山。以此两点，无法和拥有昆明湖、万寿山的颐和园相比。当然，天坛也无意与之相比，它自诩有世上罕见的奇迹祈年殿，还有浩浩荡荡的三千多株古树，便足以一览众山小，令所有园林难以比肩。

不过，那座土山在哪里，还是令我分外好奇。虽然，天坛宽敞而空阔，自明朝建成之后，也有新的地标建立，比如清代的斋宫，比如现代的双环亭，因此，堆起一座山的地方还是有的。但是，总觉得这座土山堆在哪儿也不合适。平坦如砥的天坛中，平地而起一座高山，显得突兀而不谐调，仿佛意外闯进来的不速之客。

同时，我也因错过看到这座平地而起的土山而懊恼不已。这应该算是天坛六百年历史中绝无仅有的奇迹之一。大概只有八国联军入侵北京之后，将轰隆隆响的火车站建在了天坛里，可以与之相比，实在是乱世奇观。

半年之后，祈年殿西配殿举办"遇见·天坛——北京天坛建成600周年历史文化展"。2021年年初，我去参观，看到了这段奇异历史的图片和介绍。自1971年起，国家动用众多人力物力，在圜丘西北修建人防工程，用了五年的时间，将从地下挖出的土，堆成了一座高达三十二米的高山。祈年殿高是三十八米，这座土山，几乎快要和祈年殿比翼齐飞了。而且，这座土山，占地有六公顷。这六公顷是什么概念呢？一公顷相当于一万平方米。斋宫占地面积是四万平方米，也就是这座土山以及人防工程的占地相当于一个半的斋宫。好家伙，真是不小啊！而且，这六公顷的地面上，当年是民国时期栽种的纪念林。只是修建人防过程，挖防空洞，比树林更重要了。人们的价值观发生了倾斜，高高的土山，成为历史醒目的注脚。

　　1990年，这座土山才被搬走。五年时间的愚公造山。十四年后的愚公移山。前后两出折子戏的衔接，简直是一则愚公现代版的寓言。

　　心里不禁暗想，如果这座土山没有被搬走，现在还矗立在圜丘之西北，和圜丘祈年殿呈三角形，会是一种什么样的情景？我无法想象。我们的前人，总能创造我们无法想象的奇迹，他们可以建起一座辉煌无比的祈年殿，也可以堆起一座平地而起的高山。是要和祈年殿与圜丘媲美吗？还是对视？还是自惭形秽，雪人融化一般，最终自觉消失得无影无踪？

　　土山搬走后，在这里，补种了树木，修成了一条槐荫道。三十年过去了，这里树木繁茂，林荫匝地。想想，去年6月初和国华、王勉分手后走过的就是这条林荫道，谁能想到三十年前，这里居然曾经有过一座高达三十二米的土山？所谓沧海桑田，历史竟然可以那么迅速就抹平了它的痕迹，新一轮的苍松翠柏，已经将陈迹掩盖。

　　从"北京天坛建成600周年历史文化展"里出来，我又走了一遍圜丘西北的这条槐荫道。冬日里的槐树枯枝萧瑟。

34　天坛报栏

报栏，非常具有北京特色。别的城市也有报栏，但绝对没有北京的多。我所说的这个多，指的是以前。以前，人民日报社和光明日报社没有搬家的时候，在王府井和虎坊桥这两家报社的大门旁，都有很长的报栏，报栏里张贴着他们自家的报纸，也张贴好多别家的报纸。再早以前，我小时候，家住大院门口的墙上，还专门安装了一个报栏，每天有邮局的人来换报纸，刷上一层糨糊，把新报纸贴上去，报纸越贴越厚，也没有人撕下报纸去卖废纸。

公园里，设有报栏，是北京的传统。这是一个好传统，拓宽了传统公园的功能。人们逛公园的时候，不仅可以看山看水，看花看草，看人看景，顺带着还可以看看报纸。尽管以前一份晚报只卖两分钱，但对于一分钱掰两半花的贫寒人家而言，能省就省点儿；更何况还有一些没有习惯买报纸的人，路过报栏，起码可以扫两眼，沾沾报纸的气息。报纸的气息，能让自己和外部世界连在一起。

如今电子时代，多媒体发达，一个手机即可知晓天下事。拇指化阅读，在逐渐代替传统的纸质阅读，冲击得报纸不断萎缩。满北京城的街头，不知还有没有报栏了。在北京的公园，至今保存报栏的，只有天坛和北海两家。这应该算是个恐龙一般存在于今的奇迹了。天坛报栏，在东门体育场的东侧。最初，它也是在这里的。几十年坚持原地不动，长成了一棵郁郁葱葱的树。每天更换报纸，便是树上盛开着不同的花朵——其实，树也不可能每天开出不同的花，只有它能，如果是一棵树，也是神奇的树。

报栏正反两面的玻璃窗里都有报纸。报栏木制，很朴素，上有栏檐，旁有树荫，任四周游人如织，锻炼的人喧嚣一片，它不动声色，气定神闲，观望着纷繁变幻的一切，默默地静候着有心人和知音者。只是，前来看报纸的人不多，偶尔驻足的，大多是北京人，是上点儿岁数的人。和旁边体育场的人声鼎沸相比，这里显得有些冷清寂寞。

报栏的对面，有一条长椅，上午，我坐在那里画这个报栏。画到一半的时候，看见有位长者走近报栏，他先在报栏的那一面看，我只看见他的一双腿；他转到这一面，背朝向我，进入了我画框。报栏前有人，让画面一下有了生气。报栏，便是棵会说话的树，可以和老爷子交流。他站在那里，看了好半天，这对于我，正中下怀，可以从容画完。

画完了他的背影，他转身背着手悠闲地走人了。不知道他在报纸上都看了什么内容，会有什么样的感慨，心里是在赞美还是在骂娘。我补上没有画完的报栏,和报栏旁边的树,要合上画本起身的时候,才发现身边站着两个人,一男一女,年龄比我小不少,在看我画画。我觍着脸,讨表扬似的,指着画本问他们:画得像吗?

男的说:挺像的。刚才那个人站在报栏前,你画他的时候,我就看了。

女的指着男的说:他也爱画,只是在家里画,不敢出来画。

男的连连摆手:我那是瞎画,狗肉上不了席!

我说:我这也是瞎画,自娱自乐呗!咱们又不想当画家什么的!

男的指着女的说:可她总想让我当画家!

女的用拳头捶了一下他的胸口说:我什么时候说让你当画家了?

我们都笑了。

聊起天来,知道他们是两口子,家住附近,每天到天坛遛弯儿。小时候,在北京上学;年轻时,在三线工厂工作;退休后回到北京。分别时,他们指着报栏对我说:这个报栏可有年头了,我们小时候来天坛玩,就在那里看报纸。

看来,认识它并记住它的,不止我一人。

35　天坛藤萝架

天坛里的藤萝架很多,都是后修建的,有白色和棕色两种,多分布在东北和西北两侧,供游人休息,也为园区增添了一些景观小品。我来天坛无数次,去得最多的地方,不是祈年殿等那些著名的景点,而是这些藤萝架下。其中最爱去的藤萝架,在丁香树丛的西侧,月季园的北端。

一个人喜欢去的地方,和喜欢的人一样,带有命定的因素,是由你先天的性情和后天的命运所决定的。朗达·拜恩在她的著作《力量》中,从物理学的角度解释这一现象说:"每个人身边都有一个磁场环绕,无论你在何处,磁场都会跟着你,而你的磁场也吸引着磁场相同的人和事。"

应该在"人和事"后面,再加上"景"或"地"。这种宇宙间的强力磁场,是人与其他东西彼此吸引和相互选择的结果。因此,每一个人都有属于自己的心灵属地。对于伟大的人,这个地方可以很大,比如郑和,六次下西洋;哥伦布,发现美洲新大陆;梦想的都是环游世界。而如老舍,则是北京城,他可以写金鱼池,也可以写小羊圈胡同,还可以写柳家大院这样的大杂院,囊括万千,如海葵的触角一样,可以伸展到北京四九城的各个角落。对于我们普通人,这个地方却很小。对于我,便在天坛之内,再缩小,到藤萝架下;然后,再缩小,直至这一个藤萝架下。

这是一个白色的藤萝架。我觉得藤萝架还是白色的好,春末时分,藤萝花开,满架紫蝴蝶般纷飞,在白色的架子衬托下,更加明丽。藤萝花谢,绿叶葱茏,白色的架子也和绿叶搭配得谐调,仿佛相互依偎,有几分亲密的感觉,共同回忆着花开的缤纷季节。

它的正南面,有一棵高大粗壮的雪松,东边还有一棵,偏西还有两棵,都没有这一棵崔嵬森严,覆盖着满地浓荫格外深沉。这样苍老又仪态万千的雪松,在天坛不多见。再南便是月季园,从春到秋,花开花落不间断。那些五彩绚烂的月季花仿佛是围绕着这个藤萝架翩翩起舞的小天使,雪松便是藤萝架的守护神。

它的北面有几棵银杏树,秋天,树上树下,尽是黄叶飘飘,金黄的色彩,和白色的架子相映成趣,成为彼此最好的搭档。这时候,人们在银杏树下尽情拍照,有人会捧起满把满怀的银杏叶,使劲儿朝空中一抛,金色的雨纷纷而落,他们抓紧这一瞬间把美景抢进镜头。有人甚至会趴在地上和银杏叶亲密接触,银杏叶铺就了金色的地毯,甚至营造了童话的世界。

冬天,如果有雪覆盖藤萝架,晶莹的雪花,把架子净身清洗过一样，让架子脱胎换骨，变成水晶一般玲珑剔透。

　　一年四季，我常到这里来，画了四季中好多幅藤萝架，画了四季中好多藤萝架下的人。它是我在天坛里的专属领地。

　　记忆中，童年到天坛，没有见过这个藤萝架。其实，童年，我没见过任何一个藤萝架。第一次见到藤萝架，是我高三毕业那一年，报考中央戏剧学院，初试和复试，考场都设在校园的教室和排练厅里。校园不大，甚至没有我们中学的大，但是，院子里有一架藤萝，很是醒目。正是春末，满架花开，不是零星的几朵，那种密密麻麻簇拥一起明艳的紫色，像是泼墨的大写意，恣肆淋漓，怎么也忘不了。春天刚刚过去，录取通知书到了，紧跟着"文化大革命"爆发，一个跟头，我去了北大荒。那张录取通知书，舍不得丢，带去了北大荒。带去的，还有校园里那架藤萝花，却是只能开在凄清的梦里。

　　第二次见到藤萝架，是我从北大荒刚回到北京不久，到郊区看望病重住院的童年朋友，一位大姐姐。一别经年，没有想到再见到时，她已经是瘦骨嶙峋，惨不忍睹。童年时的印象里，她长得多么漂亮啊，街坊们说像是从画上走下来的人。不知道是童年的记忆不真实，还是面前的现实不真实，我的心发紧发颤。我陪她出病房散步，彼此说着相互安慰的话——她病成这样，居然还安慰我，因为那时我待业在家，没有找到工作。医院的院子里，有一个藤萝架，也是春末花开时分，满架紫花，不管人间冷暖，没心没肺地怒放，那样刺人眼目，扎得我心里难受。紫藤花谢的时候，她走了。走得那样突然。

是的，任何一个地方你喜欢去，都不是没有缘由的。那是你以往经历的一种投影，牵引着你不由自主走到了这样一个地方。你永远走不出你命运的影子。那个地方，就是你内心的一面多棱镜，折射出的是以往岁月里的人影和光影。

我的两个小孙子每一次从美国回北京探亲，第一站，我都会带他们到天坛，到这个藤萝架下。可惜，每一次，他们来时都是暑假，都没有见到藤萝花开的盛景。这是我特别遗憾的事情，不知为什么，我特别想让他们看到满架藤萝花盛开的样子。

前年的暑假，他们忽然对藤萝结的蛇豆一样的长长的豆荚感到新奇，两个人站在架下的白色椅子上，仔细观看，然后伸出小手小心翼翼地去摸它们，最后，一个人摘下一个，跳到地上，来回把玩，豆荚一下子成为他们手中的长刀短剑，可以相互对杀。

一晃，快一年又要过去了。4月末，藤萝花又如约盛开。每年这个时候，藤萝花都不会爽约。来这里小憩的人很多，更多的人是来拍照。

转眼，暑假就又要到了。去年暑假，疫情阻隔，两个孙子没能回北京，来到这里。不知道今年能不能成行？

满架的藤萝花，开得有些寂寞。

时间的脚步比人走得快许多，冬天又到了，再来到藤萝架下，叶子落尽，白色的架子，犹如水落石出一般，显露出全副身段，像是骨感峥嵘的裸体美人，枯藤如蛇缠绕其间，和藤萝架在跳一段缠绵不尽又格外有力度的双人舞，无端地让我想起莎乐美跳的那段妖娆的七层纱舞。

　　想起今年藤萝花开的时候，正是桑葚上市的季节，我用吃剩下的桑葚涂抹了一张画，画的是这架藤萝花，效果还真不错，比水彩的紫色还鲜灵，到现在还开放在画本里，任窗外寒风呼啸。

那年藤萝架

35 天坛藤萝架

36　祈年殿舞会

天坛六百多年的历史，对于今天一般人们而言，显得过于漫长，人们对其中的沧桑，所知甚少，甚至连北平和平解放之时天坛的情况，都不甚了了。毕竟大多数人不是研究历史的。但是，近些年天坛的情况，特别是常来逛天坛的北京人，应该多少知道一些吧？其实，也未见得。

记得那天到祈年殿的西配殿，参观"北京天坛建成600周年历史文化展"，看到粉碎"四人帮"的时候，在祈年殿前的广场上，曾经举办过大型舞会。展板上，还有大幅的照片，是夜晚的灯光舞会，人挤人，密密麻麻，很是热闹。这让我很是惊讶，我从来不知道天坛里还曾经有过这样盛大的群众性舞会。我只知道，在北京的皇家园林中，20世纪五六十年代很长一段时间，在中山公园的五色土四周的广场上，曾经有过这样大型的群众性灯光舞会。再有这样盛大的群众性舞会，就是五一节和国庆节夜晚天安门广场上的了。

我愣愣地站在那儿，看了半天那张舞会的照片。想想，不过才过了四十多年。像我这样根本不知道这段历史的人，或者知道却已经遗忘了这段历史的人，不知会有多少。在天坛六百年沧桑史中，在祈年殿前，只有过无数次皇帝祭天的盛大仪式，这样普通老百姓作为主角参与的盛大舞会，绝无仅有，也算是天坛与时代同步共生的历史奇迹。

有一位老大爷走到我的身边，抬头也在看这张照片。我问他：您知道当年在这里办过舞会的事情吗？

怎么不知道？"文化大革命"那会儿，天坛里还有红卫兵接待站，1976年闹地震那会儿，天坛里还搭过地震棚呢。怎么，你没有见过？你不是北京人怎么着？

他一口气对我说了这么多。很有些埋怨我少见多怪。

他说的红卫兵接待站和地震棚，我确实不知道。别看我守着天坛这么近，那些年，不是到处串联闹革命，就是跑到北大荒修地球，以为美丽的风景在远方，好多年都没有来过天坛，没能见见它随着那个动荡年代变迁的情景，万花筒一样，令人迷惑。

想象不出，这些接待站和地震棚会建在哪里。地震棚还好说，天坛的空地多，随处可搭。接待站呢？不可能在祈年殿和东西配殿里吧？也不会是在宰牲亭和神库里吧？那里是宰杀牲畜的地方呀。那么，会在斋宫里吗？斋宫里的寝殿，可是当年皇帝来天坛祭天时候睡觉的地方；斋宫四周的回廊和朝房，当年八国联军入侵北京时候，是不少士兵住过的地方；如今，摇身一变，都变成了红卫兵住的地方了？历史的动荡变迁中，有些事情真是让人啼笑皆非，不禁涌出"放衙非复通侯第，废圃谁知博士斋"的感喟。

  走出西配殿，站在门前的廊檐下，前面便是高耸的祈年殿，汉白玉的围栏和层层如浪的台阶下面，便是轩豁的广场。游人不多，安静异常，冬末的阳光朗照，温暖如水流淌。有谁会想到四十多年前，就在这里，曾经有过盛大无比的灯光舞会呢？忽然想，如今天坛里不少地方也有很多人跳舞，但哪里能比得上当年人山人海席地卷天的壮观阵势！舞曲响起的时候，灯光亮起的时候，人挨着人，手挽着手，头碰着头，围绕着祈年殿翩翩起舞，该是什么样的情景？会不会像是祈年殿跟着舞曲和舞步也一起情不自禁地旋转了起来？

37　空椅子

虎年到了。

日子，一天天过起来，显得很慢，等一天天都过去了，回过头一看，感到过得飞快，快得有些让人惊心。

春节前两天，我去天坛，这里异常地清静，除了在祈年殿前见到一些零星的游客，从东门走到西门，又沿着内垣走到北门，几乎见不到几个人，整个天坛犹如世外桃源，空旷得很，连挂在北天门前那两排银杏树枯枝上的红灯笼，都显得格外寂寞，在寒风中无声地摇晃。

最近这些天，房山和丰台接连出现疫情，好多个小区被封闭，外地人进京要求也越发严格了，一时外地来旅游的人没有了。北京人和外地人外出的都少了，天坛成为疫情的晴雨表。

北天门外的坡上，两排高大的白杨树下，面对面，分别有两排长椅，前年新油漆过，深棕色，很光亮。以前，这里常会坐满人，有的是外地游客逛累了，坐在这里歇息；有的是朋友坐在这里聊天；有的是情侣依偎在这里约会；有的是中午靠在椅子背上,一边晒着太阳,一边听戏匣子或打盹;也有的是踢毽子、打羽毛球或跳舞的人,把提包和脱下的外衣、带来的保温杯,统统放在椅子上……不知有多少人,曾经坐在这里的椅子上。这样的情景,日复一日,花开花落不间断,春来春去不相关,一年四季,在这里轮回。天气好的时候,尤其到了节假日,来晚的人,想找个空椅子,很难。这里的椅子,可以说是见多识广,见识过南来北往不少的男女老少。

这一天,白杨树下,这两排椅子,却都是空的,没有一个人光临,空荡荡的,静静的,像一条条趴在那里的棕色大狗,两侧弧形的扶手,像蹲起的双腿,眼巴巴地守候着主人的归来。

从来没见过这样的情景。即使是冬天,这里的椅子也不会如此空荡荡毫无人影。空椅子,空得有些意外,甚至有些惊心,好像没有灯光的房间,落尽了枝叶光秃秃的树。那一刻,忽然想起曾经看过的尤涅斯库的荒诞派戏剧《椅子》,那满台摆着的空椅子。

想起《椅子》,又想起刚刚过世的九叶派老诗人郑敏。曾经在报纸上读到她为一幅名为《两把空了的椅子》的油画,写过的一首诗:

> 也许是一对情人
> 也许是两个老人
> 也许是失散多年的朋友
> 在这入暮的街心

留下他们的体温
一种看不见的电波
微微颤动,当一切
开始沉入一天的深渊

那不在了的一切
比存在的空虚
更触动画家的神经

  觉得郑敏的这首诗,写给这里的空椅子,也正合适,甚至是那么恰如其分,像是专门为它们写的。

38　春雪邂逅

虎年立春过去一个多星期，忽然铺天盖地下了一场大雪。北京的冬天，多年没有见过这样大的雪了，更不要说早春时节了。

冒着大雪去天坛，衬着飘飞白雪，红墙碧瓦的天坛，一定分外漂亮。没有想到英雄所见略同，和我想法一样的人那么多。想想，如今手机流行，拍照变得方便，人人都成了摄影家，更何况专业的单反相机，也成了不少人的装备，不约而同来天坛拍雪景的人，自然便多。

我坐在双环亭走廊的长椅上，这里平常人不多，今天，也多了起来，一个挨着一个，像蹲在电线上密麻麻一排的麻雀。更多的人是挤在双环亭前和对面小山上的扇亭前后拍照的。坐在双环亭里的人，几乎都是如我一样的老头儿老太太了，看年轻人在纷飞大雪中嬉戏，手机和相机像手中的宠物一样，在雪花中一闪一闪地跳跃。

坐在我身边的，也是一个老头儿。我来的时候，他就坐在

双环亭之春 Ruxing 2021.3.9.

38 春雪邂逅

这里，大概时间久了，显得有点儿寂寞孤单，便和我没话找话聊了起来，方知道他比我小两届，1968年老高一的，当年和我一样，也去了北大荒，是到的密山。北大荒，一下子，让我们之间的距离缩短，其实，当时我在七星，密山离我们那里很远。

便聊了起来，越聊话越密。他很爱说，话如长长的流水，流个没完。我听明白了，他是来参加他们队上知青聚会的，同班的七个同学说好了，今天来天坛双环亭这儿聚会的，在天坛转转，拍拍照，聊聊天，到中午，去天坛东门的大碗居吃饭。当初，他们七个同学坐着同一趟绿皮车厢的火车，到北大荒分配到同一个生产队，别看离开北大荒回北京的年头不一样，回到北京后工作不一样，有人当了个小官，有人发了点儿小财，有人早早地下了岗，有人早早地死了老婆……但不管怎么说，七个人的友情，一直保存至今，从1967年到北大荒算起，有五十五年的历史，时间可是不算短了。

都快中午了，除了他，那六位一个人都还没来。他显得有些沮丧，拍拍书包对我说：北大荒酒我都带来了，准备中午喝呢。咱们军川农场出的北大荒酒，你知道，最地道，我是专门跑到咱们北大荒驻京办事处买的呢……

我劝他：雪下得太大了！

也是，没想到今儿雪下得这么大，你瞅瞅我们定的这日子，没看皇历！他对我自嘲地苦笑，又对我说，好几个哥们儿住得远，今天这路上肯定堵车，兴许都得晚点儿了。

我忙点头说：那是！别着急，再等等。

大家伙儿都好多年没见了,本来说是前两年就聚聚的,谁想这疫情一闹就闹了两年多,聚会一拖再拖到了今天,又赶上下了这么大的雪!

这样的聚会,对你们更有意义!我宽慰他。

这时候,他的手机响了。接了电话,他的同学打来的,告诉他来不了了。放下电话,他对我说:他家住得最远,清华那边的五道口呢!

又来了个电话,另一个同学打来的,嗓门儿挺大,我都听见了,也来不了,家里人非要拉他到颐和园拍雪景,人正在去颐和园的路上堵着呢。

少了俩了!他冲我说,显然有点不甘心,拿手机给另一个同学打电话,铃声响半天,没有人接。他有些扫兴,又给另一个同学拨电话,这一回接通了,抱歉说来不了,实在没辙呀,这么大的雪,咱们改个日子吧!

他放下电话,不再打了。

坐了一会儿,突然,他站起身来对我说:这么大的雪,我本来也不想来的。我老伴儿说我,这么大的雪,再滑个跟头儿,摔断了腿……可我一想,今天这日子是我定的,天坛地方也是我定的呀!

叹了叹气,他又对我说:你说那时候咱们北大荒的雪得有多大呀,比这时候大多了吧?那年冬天,一个哥们儿被推举上工农兵大学,为给这哥们儿送行,我们在农场场部,包下了小饭馆,下那么大的雪,腿儿着,跑十几里地,不也是都去了吗?

我劝他：此一时彼一时了，兄弟，那时候，咱们多大岁数，现在又多大岁数了？

是！是！他连连称是。说着，他看看手表，站起身来，看样子不想再等了。

不再等等了？

他冲我无奈地摇摇头，背着书包走出了双环亭。

望着他的身影消失在白茫茫的大雪中，心里有些感慨，知青的身份认同，只在曾经同在北大荒的日子里；知青之间的友情美好，只在回忆中。知青一代毕竟老了，半个多世纪过去了，岁月无情，各自的命运轨迹已经大不相同，思想情感以及价值观，与北大荒年轻时更是大不相同。如果还能有友情存在，在五十多年时光的磨洗中，也会如桌椅的漆皮一样，即便没有磕碰，也容易斑驳脱落。热衷于聚会的知青，沉湎于友情的知青，是那么可爱可敬，只是，如此缅怀和钟情的纯粹友情，和纯粹的爱情一样，如今已经变得极其稀少。如古人王子猷雪夜远路访友，只能是前朝旧梦。

没有任何利害关系和欲求的纯粹友情，只能在我们的回忆里。在回忆里，友情才会显得那样美好。时间，为友情磕碰掉了漆皮，也磨出了包浆。

39　晨练

晨练，是天坛一景。远看人影憧憧，近听笑语喧哗。五冬六夏，都是如此，初来北京进天坛的外地游客，会以为热闹得像集市。

运动场在天坛东门西侧，一直可以延续到北门，那里有两大块空场，高大的白杨树，尽管不是天坛原来的老树，树下踢毽子的、跳舞的、健身的，人也很多，成为早晨运动场的延长线。

这里最早是一片柏树林，后来被侵蚀而成荒地。由东迤逦向北，再向西，后来重新绿化，运动场便是这时候新建的。运动场西北杂树丛生的花园，和几排白杨树下的休闲空场，都是这一时期布局成章。从这里进内垣，才可以看到天坛的古色古香。可以说，这一片区域，树是新树，花是新花，路是新路，尽显新时代特色，是为古老的天坛最外一层勾勒上一圈新材质的蕾丝花边。

运动场，更是新时代的产物。尽管和天坛旧制格局不搭（乾隆皇帝六十岁时就修了花甲门，不愿意再走丹陛桥那么长的一点儿路，身体不行了，明显缺乏锻炼），却是设身处地为现代人尤其是为北京人服务的新举措。有时候，我会想，这样的运动场，故宫和颐和园没有，中山公园和劳动人民文化宫也没有。"文革"时期，在北海公园的九龙壁北面，曾经开辟过灯光篮球场，也只是昙花一现。同样作为皇家园林，为什么独天坛而有此运动场？多年以来，也没有什么专业人士因其与天坛古建筑不搭而提出异议，这便彰显天坛的与众不同。如此新旧融合，一墙之隔，两重天地，一步便可以从古代钟鸣旗扬的祭天之坛庙，而走到这里的运动场上，人声鼎沸，如同走进喧嚣闹市。如果再想想蒜瓣一样簇拥在长廊下那些下棋打牌的人，红墙碧瓦下和柏树林中舞姿翩翩的人，便会明白重新布局天坛时的良苦用心。后来经过不断完善，运动场四周，增添了座椅、挂衣物的铁架，方便了锻炼的人们。能够一笔勾出新旧两种色彩，不仅不隔，而且水渍墨洇使两者晕染得恰到好处，尤为让我感叹。

清晨，一直到中午，运动场上都是人流不断。这一片运动场，占地面积不小，各种运动器械也不少。来这里锻炼的，大多是中老年人。按理说，中年人正是上班的年龄，不应该在工作时间出现在这里。这是20世纪90年代企业下岗潮的结果，让这些中年人提早步入老年人的行列，运动场，便成为他们消磨时间的最好场域。如同清风朗月不花一分钱，这里免费，可以健身，可以消闲，还可以以练会友，也可以发发牢骚，骂骂大

39 晨练

街,甚至指点指点江山,有说不尽的话题和排气阀。

疫情期间,有一段时间这里人少了很多,显得有些冷清,但很快就恢复了以往的喧哗。憋闷宅家的老人,比年轻人还要耐不住寂寞,尤其天好的时候,更是如纷纷出笼的老燕一样,飞回旧巢,聚到这里。这里,立刻又如热锅炒豆一样热闹。

那天快中午时分,我来到这里,晨练已接近尾声,人依旧不少。春末时分,天气不冷不热,正是锻炼的好时候。在一个攀缘的铁架前(这种架子由一根根间隔半米左右的铁棍组成,人们手握着这一根根铁棍腾空向前攀越,在国外,这种架子叫作monkey bars,一般儿童爱玩),见到一位老人,用它玩出了新花样。他双手握着铁棍,头朝下,双腿从铁棍之间笔直向上,做倒立的动作,一动不动,坚持了有十来分钟,才从架子上下来。这需要臂力,也需要血压和心脏的平衡能力。

我很是佩服,忙问他:您可真够厉害的,您今年有多大了呀?

他连连摆手道:这算不了什么!然后,他伸出两个手指比画比画,我看出来了,是六十六。在这里,六十六,真算不上多老的年龄。

我说:六十六,也够不简单的!

他接着说:你去看看那边的老爷子,他比我厉害!

我去了那边,单杠上练大回环的老爷子,跳下杠,白髯飘飘,颇有点儿仙风道骨。问他高寿,他告诉我他今年八十一。然后,他对我说:锻炼不是养生,养生是保命,是把命像蛐蛐一样放进罐子里养；锻炼是把命像鸟放出笼子，让它自己蹦跶。

我说：您说得还真有哲理！

他一摆手说：什么哲理！是大实话，你说，咱们这么大年纪了，指得上孩子吗？指得上花钱雇个保姆？还是指得上以后进个养老院？跟你说，谁都指不上！把自己身子骨儿练好了，就是不给孩子添累赘，不给别人找麻烦，也不给自己找麻烦。你说对不对？

我连连点头称是，不住夸他真是厉害！

他又一摆手说：我算不上厉害的。你瞅瞅那边！

顺着他手指的方向，前面不远正练双杠的老爷子，听见了他的话声，走了过来。这一位，没有胡子，脸色光滑红润，笑眯眯地冲他问道：说我什么坏话呢？

他没有理他，相反冲我说：你问问他多大岁数了。

我便问道：您老高寿？

我比他大十岁。你算算多大了吧！

九十一？真是看不出来，觉得比他得小点儿呢。

不是中午的阳光填平了他们脸上的皱纹，是锻炼，更是锻炼后的心情和心态，让他们这么大年纪还有这样旺盛的精气神儿。

有时候，我会感到，同样的时代，同样的环境，同样的空气同样的风，他们的心气和心态，比一些年轻人还好。这究竟是因为什么？仅仅是锻炼吗？路过这里的时候，偶尔，我会这样想。

40　早春的早晨

闹腾了两年多的疫情，憋在家里，真磨人的性子。只要疫情稍有缓解，天坛里的人立马见多。从这一点看人们的心情，在天坛，比核酸检测都灵。

早春二月，天气转暖，虽然花还没开，叶也没绿，地气毕竟氤氲蒸腾，特别是早晨，遛早的人，陆陆续续地进了天坛。

在东门运动场的西边一点，有一个棕色的藤萝架，架子前面是一个挺大的空场，四周有几个椅子，椅子后面是草坪和灌木丛，再后面，便是内垣的外墙。过些天，连翘和迎春花一开，灌木叶子一绿，藤萝花满架紫嘟嘟一缀，这里就是个独立成章的小花园。现在，别看四周还是光秃秃、灰蒙蒙的，已经聚着不少人了。这里的早晨，是北京人的天下。别说旅游团来不了这么早，即使来了，也很少到这里来，一般会直奔祈年殿了。

我来得不晚，这里已经有三拨人了。人马最多的一拨，在空场南，是十多位跳舞的大妈，在录音机播放的音乐伴奏下翩翩起舞，整齐划一，一遍遍地重复，不厌其烦，自得其乐。她们一律上身穿着毛衣，下身穿着裙子，毛衣和裙子花色不同，却都很是鲜艳夺目。身旁的椅子上，堆满她们的背包水杯和外衣，椅子旁边还有两个衣架，伸着几个龙头挂钩，挂钩上，也挂满了外衣和围巾，那些外衣和围巾，也很是鲜亮夺目，好似春花烂漫，看四周灰蒙蒙的不顺眼，提前涂抹了春天的色彩。

第二拨，在空场北的藤萝架内外，是打牌的老头儿老太太。内因地制宜，人坐在藤萝架的椅子上，牌甩在椅子中间，垫一块花布；外是自己带来全套家伙什，人坐在马扎上，头碰头，蒜瓣似的围着小折叠桌。扑克牌在他们的手中四下翻飞，蹦到椅子上或折叠桌上，像纷纷落下来的小鸟，无比地欢快，只有他们自己的心里知道。偶尔听见一两声叫喊，很快就又安静下来。和那边舞蹈的乐曲飞扬，呈一静一动的对比。

第三拨，在空场西口，那里有一条甬道，前面有一些花木，再前面便是北天门。春夏枝叶茂密的时候，从这里是看不到北天门的。早春疏枝横斜中，西天门绿顶红墙的一角，可以看得很清楚，还能看得见三座大门中的一个半，两门之间，春节时挂上的金色中国结，也依稀可见。

不少人围在那里。我走过去一看，大家在看一个年轻的姑娘画油画。画的就是前面疏枝横斜掩映中的北天门一角。画架支在甬道旁的草地上，姑娘一手持画笔，一手拿着个简制的颜料铁盒。画面上的北天门已经清晰成形，天空格外蓝，因有红墙绿顶和中国结明亮颜色的映衬，枯树枝显得不那么萧瑟，倒有点儿像伸出的好多小手在抚摸北天门，弥漫着早春的气息。

姑娘在打磨细节,一边补色补光,一边细致勾勒北天门翘起的檐角,还有和红墙相连的内垣的灰墙绿瓦。看的人都纷纷说画得真好,真像!不说话的人,眉眼里闪着光,表达的也是一样的意思。

  从北天门进去,转到花甲门,转到双环亭,沿着内垣转了一圈,我回到这里,天近中午。跳舞和打牌的两拨人,都已经散去,回家做饭了。只有姑娘还站在画架前,画她的北天门。依然有几个年轻人在看,在啧啧赞叹。

  走过来一个男人,看穿着的制服,是天坛公园的工作人员,瞟了一眼画,对我顺口说了句:还没画完?我对他说:画得真不错!他说:是!昨天早晨就来了,画一天了!

  早春的阳光跳跃在画面上,为画面镀上一层淡淡的金色。

41 护工

在天坛，见到轮椅上的病人或老人，比其他公园里要多。这大概因为天坛地处城内，交通方便，地铁五号线和公交车很多条线路，在这里都有一站。而且，公园除祈年殿圜丘有上下台阶，其他大部分的地方是平地，林荫处也多，便于轮椅的行动、停靠和歇息。

但是，北海公园也在城内，交通也很方便，大多也是平地，为什么见到的轮椅比天坛要少许多？再一想，便是天坛四周遍布居民区，东门紧邻体育馆、四块玉、幸福大街、光明楼好几个社区；南门紧邻蒲黄榆、景泰里、方庄、永定门东大街社区；北门紧邻金鱼池社区；西门紧邻天桥社区。可以说，天坛是被这些密密麻麻的社区所包围，这些社区像是千层饼一样，紧紧包裹着天坛。自然，附近的人们到天坛方便，甚至不过是一条马路之隔，远一点儿，也只是几站公交罢了。虽然各自家住得拥挤乃至憋屈，但到这里来宽敞无比，可以一抒胸臆，便把天坛当成了自家的后花园。家里坐轮椅的老人或病人，到天坛来晒晒太阳，转转弯，散散心，呼吸呼吸新鲜空气，是最好的选择。

我到天坛发现这一现象，每逢看到轮椅从身旁经过，都会格外注意看几眼，心里不禁感慨，这是生活在天子脚下的福分。

有一天下午，我坐在西天门里通往丹陛桥的甬道南侧的长椅上，我愿意坐在这里，或晒太阳，或画画，或看甬道上来来往往的红男绿女。忽然，发现有好多轮椅，像约好了似的，陆陆续续聚集在这里。春天的暖阳格外温煦，透过树叶洒下来斑斑点点的光，打在他们的身上和轮椅上，勾勒出明亮的光影轮廓。

他们当中，有极个别是自己摇着轮椅来的。如今的轮椅已经很现代化，电动设备齐全，非常方便。当然，这样的人病不十分重。大多数是有人推着轮椅来的，推轮椅的人，有的是自己的家人，有的是雇来的保姆。无论是坐轮椅的，还是推轮椅的，彼此都很熟，见了面，就有说有笑地打着招呼，家长里短地聊了起来，嗓门儿挺大，很高兴的样子。显然，他们常到这里来。天坛成了他们的公共客厅。

一个小伙子俯下身来，对轮椅上的老爷子说了句话，便走到我这里来，坐在我身边长椅的空位上。我打量了他一下，三十多岁的样子，个子不高，眉清目秀。我问他：你是老爷子的……

小伙子说：我是他的护工。

这让我有点儿奇怪。这样推轮椅出来遛弯儿，一般家庭是请保姆，做家务之余，捎带脚就把这活儿干了，没听说专门请护工的。保姆是月薪，护工是每天算工钱的，费用要高很多。

小伙子看出了我的疑惑，对我说：老爷子在医院做的大手术，你知道，因为疫情，病人住院，是不许陪护的，必须要请护工。我就是医院指派给老爷子做护工的，在医院住了半个多月，老爷子看我对他护理得不错，很满意，出院的时候，要我跟着他回家继续做护工。

我说：护工是按天算钱，老爷子得花多少钱啊！

小伙子说：老爷子不差钱，他有俩儿子，一个在国外，一个在北京，都是自己开公司当老板，都有钱。老爷子的老伴儿身体不大好，但两口子都是干部，退休金拿得也不少。

我问他：现在护工是怎么个价码？

他告诉我：我们现在都归公司管，医院和我们公司有联系，需要护工，就打电话给公司，公司派人，每人每天公司收费是二百六十元，给我们护工是一百九十元。

公司扣了七十元，相当于你们工钱的四分之一还多。

在北京能找到这活儿，就算不错的了。一个月下来，能挣五六千，还管吃管住，如果干得好，病人满意，病人的家属还能私下给点儿钱，自己有个头疼脑热的，人家也能找点儿药给你。

小伙子脸上现出很满足的样子。停了一会儿，他又对我说：到老爷子家里来，也不错，每天有保障，老爷子出院后恢复得不错，家里做饭，他老伴儿做，我就是护理老爷子的日常生活，上个厕所，拿个东西什么的，再有定期带老爷子去医院复查，每天推老爷子到这里遛弯儿,这活儿也不累。在公司,如果没活儿干,就没工钱。

小伙子说得实在,我对他说:老爷子能有你这样一个护工是福气,你能找到老爷子这样的人家,也是福气!

小伙子连连点头说:是!是!老爷子是个好心人,待我不错。住院的时候,他跟你一样,也问我挣多少钱,知道公司没有给我们上三险,要我自己花点儿钱,也一定上三险,我也不懂,他就仔细地告诉我为什么要上三险,怎么上三险,挺关心的。

看来,他们相处得不错。不是所有的病人和护工,都能相处成这样的。雇佣的关系中,钱成了唯一的纽带和润滑剂,人与人之间的感情往往变得很淡。由于病人及其家属和护工的地位不同乃至悬殊,想法和做法便不尽相同,大多数暗中揣着各自的小九九,甚至爆发矛盾,最后闹得不欢而散。

那边,老爷子和人聊得正在兴头上,小伙子和我也越聊话越多。我知道了,老爷子家就住天坛东门附近,天气好的时候,他下午这时候就推老爷子到天坛里,和大家伙聚聚,海阔天空一通聊,比在家里憋闷要好,这成了老爷子每天的必修课,甚至是一服特殊的良药。

到天坛来的附近退休的老头儿老太太,是分成一拨一拨的。小伙子对我说起他推老爷子来天坛时自己的发现。

我对他说:是吗?说说看!

锻炼身体的是一拨,一般聚在东门的体育场;跳舞的是一拨,一般聚在北门的白杨树下;扔套圈的,一般在长廊西边的树下;拉琴唱戏的是一拨,一般在柏树荫下;偶尔聚会连吃带喝带照相的,一般在双环亭……坐轮椅的,一般是下午这个点儿,就到这里来聚聚了。

小伙子这样对我说,对自己的说法很有些得意,这是他推老爷子到天坛来搂草打兔子的额外收获。

他说得确实如此,好在天坛地方大,让大家各得其所,各找各的乐儿。我想,这样一拨一拨自然而然地形成,倒不见得是人以群分,物以类聚,除了喜好,更主要是年龄和身体,特别是到这里来的轮椅上的老人,更是同病相怜,没有别处的大小圈子的地位与名声等因素的束缚,或人为的刻意为之。病,消弭了这些东西,除了轮椅的成色和价位不大一样,轮椅成为相对平等的象征。特别是从生死线上归来的老人,一下子看到了人生的终点近在眼前,坐在轮椅上的感觉,和以前坐在沙发上,或者坐在摆着座签的主席台上的感受,是大不一样的。轮椅,更是帮助大家减轻了金钱欲望的分量,消除了身份认同的焦虑,甚至降低了对远水解不了近渴的孩子的期待。坐在轮椅上,大家显得一般高了,个子高的,个子矮的,都看不大出来了,大家平视,远处高高的祈年殿辉煌的蓝瓦顶,是看不见了。看不见了,也没什么,大家一起聊聊,能有别处找不到的开心,和病痛与衰老中的惺惺相惜。

小伙子推着老爷子常到天坛来,最后选择这里,老爷子高兴,他也省心,可以坐在这里休息休息,看看风景,胡思乱想。

来北京这么多年,如果不是给老爷子当护工,他还从来没有来过天坛呢,也从来没有想过到天坛来转转。

小伙子告诉我,他今年四十六岁了。这让我没有想到,吃惊地说:你哪儿像这么大岁数,我以为你三十多一点儿呢!

他对我说:我都俩孩子了,老大二十,老二都十三了。

真看不出来!

小伙子是河南驻马店人,在北京干护工已经干了七年,疫情闹得,已经一年多没回家了。想回家,又怕回去回不来了。不管怎么说,在北京干护工,比在老家挣钱多,一家人都靠着他挣的这些钱呢。

他对我说完这番话,轻轻地叹了口气。

老爷子挥着手,在招呼他。他站起来,朝老爷子那边走去,透过树木枝叶的阳光,打在他的身上,逆光中,地上留下长长的暗影,和斑驳的树影交织在一起。

42　古柏下

　　和其他公园相比，早春时节的天坛，挺尴尬的，因为除了零星的迎春花开之外，天坛没有其他的花开。斋宫里的玉兰，要等到三月末了，有名的西府海棠和杏花，要到四月才能见了。这时候的天坛，甚至连离它不远的龙潭湖都不及，龙潭湖起码还有梅花和山桃花开。

　　灰蒙蒙的天坛，这时候，只有靠着古树提气。这确实是其他任何一座公园都无法匹敌的。这样的古树，天坛如今一共有三千五百六十二株，其中三百年以上树龄的有一千一百四十七株，占了整个北京市所有这样年头古树的三分之一，其中主要是柏树：侧柏和桧柏。天坛建坛六百余年漫长的时光中，如果不是人为的战火与自然灾害的纷乱侵蚀，古树的数目，应该更多。只要想想八国联军侵占北京的时候，在天坛里安营扎寨，砍伐古树烧火，就可以知道多少这样珍贵的古树化为灰烬。甚至可以说一部天坛的古树史，就是一部天坛史，甚至是一部北京史的缩影。

天坛里最为人瞩目的古树，当数长廊北侧的柏抱槐和回音壁外的九龙柏了。那里的古树，因为太有名，都被铁栏杆围着，人们无法与之亲密接触。据说，天坛最古老的树，在北神厨的西侧，因为没有做标识，我一直没有找到。对于我，最喜欢的是西柴禾栏门外的三棵古柏。这么多年，几乎每一次到天坛，都会到这三棵古柏前看看，好像它们是我的风雨故人；有时会画它们，总也画不厌，也总是画不像。

在天坛，柴禾栏门有两座，分列祈年殿围墙根儿的东西两侧，当初，是为给神厨宰杀烹饪牛羊等祭品提供烧柴用的。这两座门，如今都是天坛的办公之地，西柴禾栏门里放着清洁卫生的三轮车，不对外开放，因此，这里的游人几近于无。门前，三棵古柏，由东到西排列，冬夏春秋，枝叶茂密，郁郁苍苍，如三个威武的壮士，屹立在那里，脚下是草坪如茵，背后是红墙似血，有一股难言而雄浑的沧桑感。特别是春天，草的嫩绿，树的苍绿，墙的火红，瓦的黛绿，色彩对比得强烈而鲜明，我一直以为，最能代表天坛的色调。这三棵粗壮的古柏，树龄都很老了，一棵五百六十年以上，两棵六百二十年以上。在整个天坛，找到这样年头悠久三位一体并排站在一起的古树，很难了。

早春二月的中午，我从南过花甲门，沿着一溜儿红墙贴身前行，走到墙尽头的拐角处，就可以看见这三棵古树了。忽然，一眼看见，最里面的那棵古柏前，站着一位姑娘。她就那么静静地站着，一动不动，站了很久，始终抬头望着树冠。我站在那里，也一动不动，不想打扰她。很少见有游人到这里来，更从来没有见过有人这样静静地站在那里，抬头看树。

我看见姑娘动了，围着这棵古柏转经似的缓缓转了一圈，她的手臂不时抚摸着树皮皴裂的苍老树干。那样子，像孩子环绕着老人的膝下，老树因此而变得慈祥，对她诉说着悠悠往事。有风轻轻吹来，枝叶簌簌拂动。中午的阳光，透过枝叶，温煦地洒在她的脸上、身上。因为她在走动，阳光不时跳跃，一会儿顺光，一会儿逆光，打在她的脸上和身上，像蝴蝶翻飞。

我忽然有些感动，为这个姑娘，也为这古树。

姑娘对古树如此敬畏。古树值得姑娘如此敬畏。

只是，如今，我们不少人似乎没有或者说缺少了这样对树敬畏的感觉。我们一般愿意膜拜神像，却不知树尤其古树，其实也是神，是自然之神。特别是疫情暴发这么长时间，我们更应该敬畏大自然。在大自然面前，人是渺小的。在有五六百年树龄的古树面前，人也是渺小的。

想起古罗马的哲学家奥古斯丁，羞愧于情欲的私缠想跪拜在神的面前忏悔，他没有去到教堂的十字架前，而是跪倒在一棵无花果树下。

也想起古罗马的诗人奥维德，在他的伟大诗篇《变形记》中所写的菲德勒和包咯斯那一对老夫妇，希望自己死后不要变成别的什么，只要变成守护神殿的两棵树，一棵橡树，一棵椴树。

在那遥远的时代里，树是那样地让人敬畏。在六百多年前

天坛古柏下 LuXing 2022.3.18 速写

建设天坛的时候，曾经专门成立了神木厂，将用于和矗立于这里的树称为神木。如今商业时代，缺乏信仰，树只是一种商品，或观赏品，而不再是一种自然之神。我们再也不会将树称为神木，更不会跪倒在一棵树下，或希望自己死后变成一棵树。

我看见姑娘在这棵古柏前绕了一圈，又走到第二棵，一直在这三棵古柏前全部默默地绕了一圈。

我和她擦肩而过，我很想叫住她，问问她为什么对这三棵古树如此感兴趣，又如此神情敬畏。可是，我忍了忍，没有打搅她，像不想打搅一个美好的梦，望着她走远。

我看清了，姑娘也就二十出头，姣好的面容，马尾辫，一身运动装，白色的运动裤，红色的运动绒上衣，外加一件米黄色的马甲，脚穿黑红相间的运动鞋，头戴着白色的棒球帽，身背着棕色的双肩包，和苍绿如同深深湖水的那三棵古柏，和那红墙，和那绿草坪相比，颜色纷繁，像是盛开的一朵奇异的七色花。

43　梵音鼓

走近丁香树林,听见一阵音乐传来,声音不大,却不绝如缕,像是寺庙那种袅袅的磬音禅乐,回音清新缥缈。

走过去一看,一对中年男女,男人坐在长椅上,双手拿着鼓槌,敲打着膝上一个东西,黑色,圆形,音乐就是从那里发出的;女人站在他的前面,看着手机,在指点着他击打的错点。

是一种打击乐器。圆盘上有十五个音,中间是定音1,上下分别是234567的高低音,不复杂,打起来应该比木琴和扬琴要容易些。不过,孤陋寡闻的我,第一次见到这玩意儿,便问道:这是什么乐器?

女人告诉我:梵音鼓。

这名字和它发出的声音很吻合,都能让人想起寺庙中香火的袅袅缭绕和经幡的缓缓飘动。

我又问:这是用什么材料做的?

一种合金。男人告诉我。

我又问他:多少钱一个?

他笑笑，没有嫌弃我的少见多怪又多问，只是有点儿神秘地对我说：别人送的。

在天坛，能见到很多新鲜的人物和事物。尤其对于我这样见少识稀又有些好奇的人，天坛是一本大书，翻开哪一页，都会让你开卷受益。

我听他打完一支曲子。女人指着手机让男人看，指出哪里的节奏有误，哪里的音符打错。

我问：这是什么曲子，这么好听？她把手机递给我看，屏幕上现出了曲谱，是简谱，上面有曲名《大鱼》两字。原来是动画电影《大鱼海棠》的歌曲。

打了一会儿之后，男人收拾起他的梵音鼓，一边把它装进一个黑色的圆包里，一边对我说：这玩意儿能让我烦躁的时候静下心来。还能治抑郁症！

女人不动声色地继续对我启蒙：所以，它又叫无忧鼓。

男的站起身来，背起梵音鼓，对我说了句：回家再打它去喽！

我对他说：这里打它比在家要好！心里想的是，希望他能在这里多打一会儿，真的挺好听的。

他微微地冲我笑了笑，说：那是！这里清静，古树又多，郁郁葱葱的，适合这玩意儿！

什么东西都需要相适配，剑鞘，鞍马，古松柏和梵音鼓，还有这一对男女。望着消失在丁香树丛中的这一对男女，我这样想。

44　妇女节的庆祝

去年三八妇女节那天，我也到天坛来，那天，天阴着，有点儿冷，人不多。今年这一天，天坛公园里，没有想到人这么多。想想，今天女人们放假，天气又好，最高温度都升到十七摄氏度了，自然来的人多。又一想，疫情已经又闹腾一年了，前些日子，春节前后，北京好几个小区疫情反复，出门的人少。现在，春天终于来了，压抑已久的心情得放松一下，天坛里才看见这样多的女人，尽管有的年纪不小了，也穿得花枝招展的，手里荡漾着花围巾，伸出丁字步，到处摆出姿势照相呢。

走到丹陛桥的具服台前，我看见对面站着一群年轻的女人，衣着都很鲜艳漂亮，每个人手里都拿着一个纸夹子。唯独一个男人，如同娘子军中的洪常青一般，站在她们的前面，挥着手臂，对这群女人大声说着什么。

我有些好奇，今天天坛里人很多，都是三五成群，或一个人独自漫步，还没有见这么多人聚集一起，好像集体活动，庆祝今天这个属于她们的节日。不知是什么样的活动，每个人手里的夹子,像团体操里每个人手里的团花,或扇子舞中每个人手里的扇子吗?待一会儿,蓦然打开夹子,亮出里面的宝器,要有什么精彩的节目演出吗?

我走了过去,听见那男人在招呼她们往前面去,大概是要去祈年殿。好几个女人冲他说,还有人呢!再等等。果然,看见有好几个女人从丹陛桥的台阶上跑了上来,穿得也都很漂亮,每个人的手里都拿着一个纸夹子。

我好奇地问跑过来的一个女人:你这里面夹的是什么呀?

她打开夹子,里面夹的是一张剪纸,花团锦簇的图案,大红纸剪成,贴在夹子里,贴得不牢,风吹得飘飘在动,像只红色的小鸟扑棱棱地想要飞出来。她赶紧合上夹子。

这剪纸剪得多好啊!我夸赞后问她:是你自己剪的吗?

她点点头说是,然后,又摇摇头说:我这是用刀子刻的,第一次做剪纸,做得不好。她们做得比我好!她又指指身旁的女人。

剪纸都是自己做的?我有些惊奇。

身旁的几个女人很有些得意地对我说:是啊!

其中一个身穿浅驼色风衣的年轻姑娘,打开她的夹子给我看,她的夹子更大些,里面并排贴着三幅剪纸,左边一幅是大红灯笼下两个跳舞的孩子,右边一幅是红旗下敬队礼的两个少先队员,中间一幅是瑞云烘托中的祈年殿,因是整幅剪纸镂空,四围红纸把祈年殿团团围住,衬托得它格外鲜亮耀眼。

我问她:真是漂亮,都是你刻的?

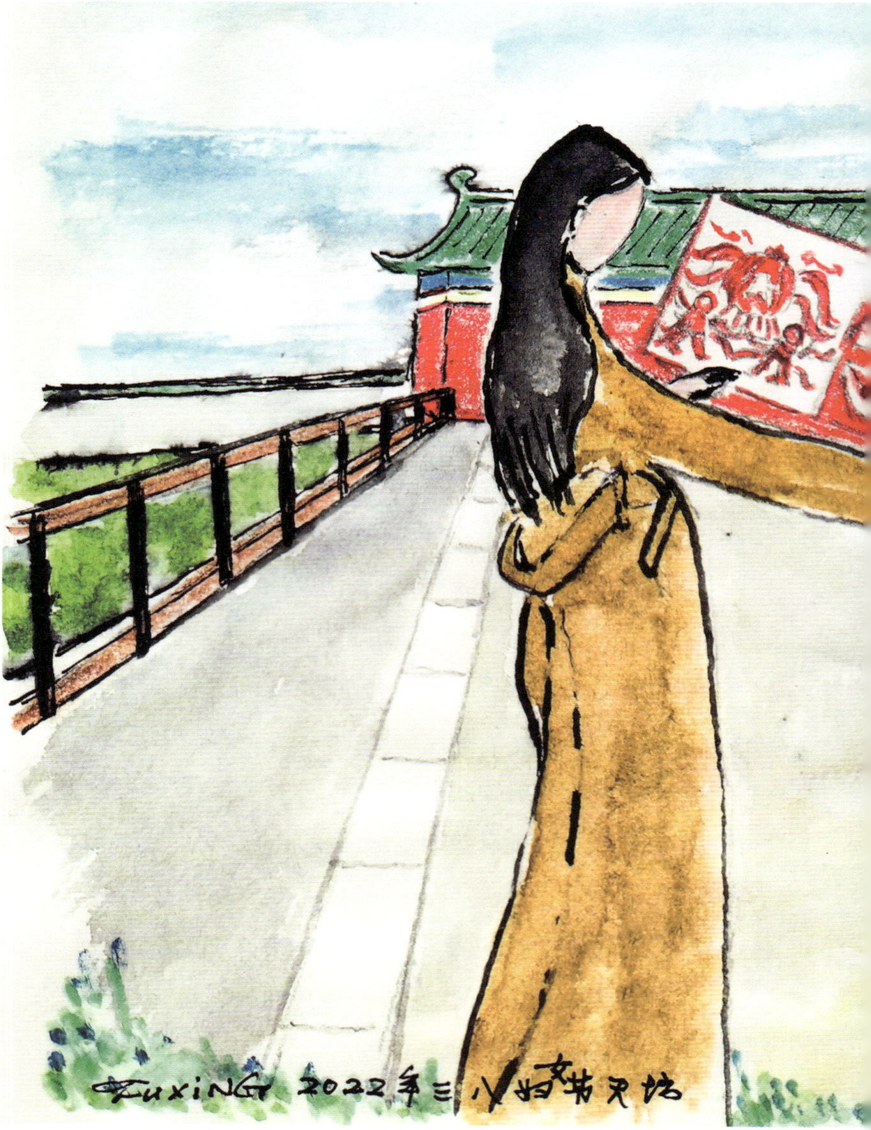
ZuxinG 2022年三八妇女节天坛

44 妇女节的庆祝

她指着右边的一幅说：这是她刻的。说的是站在她前边的一个比她年龄稍大的女人，那女人显得有点儿不好意思，一扭身，挤到前边去了。

中间的是我刻的。她对我说。

这幅祈年殿你刻得多好看啊，真是了不起！

听到赞扬，她抿着嘴笑了。

我问她：你们今天这么多人，每个人手里都有剪纸，是要搞什么活动吗？

她说：是啊，今天三八妇女节，待会儿我们一起拿着自己的剪纸，到祈年殿那儿合影照相！

每个人手里扬起她们自己做的剪纸，和祈年殿一起合影纪念，这真是不错的节日庆祝，挺有创意的！

我再次由衷地赞叹，然后，指着剪纸，对她说：能让我照张相吗？

她伸出双手举起夹子，头歪在一旁，不挡着三幅剪纸，真是一个善解人意的好姑娘。镜头中，我看见姑娘白皙的脸庞对着剪纸微微地笑着，纤细的手指夹住夹子的边儿，让剪纸完全展露出来。我看见她的风衣袖口露出白衬衣蕾丝的花边，披肩发在三月春风中轻拂。

45　一个人的节日

还是三八妇女节那天，天近中午时分，我在祈年殿东侧的柏树林里画画。这里南北两边有好多个空地，特意开辟出来，铺有方砖，设有木凳，专为游人休息，很多北京人愿意到这里打牌、踢毽、跳舞，四周柏树成荫，很是清静。

我画对面一群打牌的人，坐在邻近的凳子上，觉得近了，就挪到后面的凳子上。画到一半，抬头一看，看见一个姑娘坐在那个凳子上，遮挡住我的视线，没法画了。心想就画她吧。

这是一个胖乎乎的姑娘，宽松的上衣，长摆的裙子，都是黑的，内穿的线衣，胸前的书包，也都是黑的。人说：精不精，一身青。姑娘这一身黑，和她很适配。特别是她的一头披肩长发泼墨如云，在清风中微微飘动，更是和她相搭得那样恰如其分。那一头长发飘逸及腰，仿佛是从她身上喷涂出来的一道飞泻而下的瀑布。

正在画，忽然听见她问我：您是在画我吗？

因为常到天坛来画画，已经练得脸皮很厚，我立刻爽快答道：是，没错，画你呢。

她没再说话。我看见,她低着头在翻弄着什么东西,聚精会神地看着。我们互不干扰,她看她的,我画我的。

画完了,我拿着画本,走到她的身边,冲她说道:姑娘,我画完了,你看看,画得行不行?

她接过画本看后,对我说:谢谢您!画得太好了!能把这张画送给我吗?马上,她掏出手机,又说道,我照张相吧。

照完相,她又向我道谢,真是一个懂礼貌的姑娘。我忙对她说:要谢的是你呢,让我画你!然后,我把笔递给她说,能帮我在画上写上你的名字吗?

我的字写得可不好看。

没关系的,留个纪念!

她拿过笔,低头签名,长发遮挡着半边脸庞,面孔白皙,年轻的面容,透着青春气息,和今天的好天气很吻合。

我问她:怎么一个人来玩呀?

她笑笑,没有回答。

我又问她:住得离这儿远吗?

不远,我在北工大。她答道。

哦,是个大学生,我心里想。过了一会儿,又问她:怎么一个人那么远跑天坛来了?这样问,显得有些紧追不舍,不大礼貌。过节放假,大好春光,这样的年轻姑娘,一般都会结伴而行,不是有男朋友,也会有闺密。一个人,跑到天坛来?我还是有些好奇。

姑娘很大方地对我说:我来盖章的。

这让我更好奇,来天坛盖什么章?我以为她是有什么文件,来天坛附近什么单位盖章,顺便挂角一将到天坛转一圈。

不是。她微微一笑,对我说:这是我的一个小爱好。说着,从书包里拿出一个精装的笔记本,打开一看,前面好多页已经满满登登盖满红印章,祈年殿、回音壁、圜丘、斋宫、神乐署、九龙柏……都是天坛各个景点的纪念章。

我不知道天坛居然有这么多纪念印章可盖。到一个公园,盖那里景点的纪念章,这真是一份很棒的纪念。一个本盖满这样多的纪念印章,得需要工夫,没有耐力和坚持的毅力,完不成。但是,如果盖满了印章,这个本就是她的珍藏,雪泥鸿爪一般,印满了她独行侠一般的旅行足迹。

她一再对我说,这是她自己的一个小爱好。真不是每个人都有这样的小爱好的。能够拥有一份独属于自己的爱好的姑娘,都是内心丰富细腻而特立独行的。我对这个胖姑娘刮目相看,连连称赞。

她笑笑对我说:也没什么,到一个地方,坚持盖,就是费钱。在天坛,你只有买它的本,才给盖章。这一个本要六十八元呢。

是吗?不便宜!

没办法,谁让我好这一口呢!

她对我又笑了。是个爱笑的胖姑娘。

46　重逢

德智是我的发小儿，从小学到如今，我们一起度过了快七十年的漫长时光。一晃，从小孩子就晃荡到了白发苍苍。

春天又来了。德智在微信里说，要快递给我一罐太平猴魁新茶。我说别寄了，我明天去天坛，你要有空，咱们在天坛碰面吧。

上一次碰面，也是在天坛，也是开春的时候。转眼过去整整两年。疫情闹腾得也有两年。会朋友，或有人找，一般，我都会约在天坛。天坛，成了我的私家会客厅。满园古树，满园清风，何其快哉！

小时候，我和德智两家离天坛都很近，如今各自搬家，远了，但到天坛来还是轻车熟路。我到的时候，看见德智正沿着东门内的长廊来回走，在寻摸我呢。两年前，也是他先到，让我惭愧。

我们坐在长廊里闲聊起来，上午的阳光很暖，长廊里，游人来来往往，倚靠着红柱晒太阳的也不少。

德智从小喜欢书法，他曾送我一本颜体的字帖，又送我笔和纸，希望我也练练。字帖和笔纸都落满灰尘，我始终也没动手去练，尽管身旁有老师。一个人的爱好，是天生的，与生俱来的，如同风吹动水的涟漪或树的枝叶，是自然而然形成的，不像是车船需要外力的推动。

高中毕业，我去了北大荒，德智被分配到北京市肉联厂炸丸子。六年之后，我从北大荒调回北京教书，他还在肉联厂，围着一口硕大无比的大锅炸丸子。我笑他说天天可以吃丸子，多美呀！他说美？天天闻着这味儿，我都想吐！

那时，我悄悄在写一部长篇小说，取名叫《希望》，每天下课回家写一段，晚上到他家找他，读上这一段。他认真听完，然后给我看他写的字。我们这样上下半场交换位置，比试武艺，相互鼓励。整整过了一年，三十万字的小说写完了，最后，也没有任何希望，成了一堆废纸。他写了一幅大大的横幅楷书，贴在他屋的墙上：风景这边独好。

坐在长廊的椅子上，天马行空，东聊西聊，忽然，德智问我：张书范，你认识吗？

我说我知道这个人，书法家，他的楷书写得不错，当过北京市书法家协会的主席。

德智说：有一次，偶然间，我写的一幅小楷，让张书范看见了，连问是谁写的。知道是我写的之后，他问我：你加入书协了吗？我说没有。他立刻叫人找了一份入会申请表给我。我就这么加入了北京市书协，完全靠人家张书范的举荐。

我说：也是你的字写得好，才会有张书范的慧眼识金。

德智摆摆手，连说：以前，我根本不认识人家；以后，我也再没有见过人家。你看我这个入会，没送过一点儿礼，这么简单！

我说：好多事情，就应该这样简单！现在，风气不正，才闹得复杂了！

德智轻轻叹了口气，说：你说得对，正因为这样，我一直想感谢感谢人家张书范，这么多年过去了，一直惦记着这事，却再也没有这个机会了。

我笑着对德智说：他早就退休了，也许，他早忘了这件事了呢！

德智望望我说：可我没忘啊！

有些事情，有人觉得小，有人觉得大；有人牢牢记住，能记一辈子；有人却很快就忘得干干净净，一般会赖时间无情。

和德智分手，我在天坛又转了一圈，走到祈年殿前，忽然想起诗人李南写的一首《半夜醒来》的短诗，其中有这样几句：

> 有一句诺言
> 至今也没有兑现。
>
> 有一个人
> 想忘也忘不掉。
> …………

有一件往事
　　改变了今生航向。

　　半夜醒来,只见窗外月光涌进
　　紧紧地把我抱住。

不是谁半夜醒来,都会被月光紧紧抱住的。德智会的,半夜醒来,月光会把他紧紧抱住。

47　秋山图

年轻时候，特别是没有书架更没有书房的时候，特别渴望坐拥书城的感觉。其实，很大程度上，是虚荣的心理作祟。后来，看到青艺演的田汉的话剧《丽人行》，其中那位丽人和富商刚开始同居时，书架上摆满的都是书，后来，书架上的书，都换上了各色高跟鞋，不觉哑然失笑。也笑自己，对于书的态度，和那女人的心思，难道没有那么一点点相似吗？

台湾作家林文月写过一本书《三月曝书》。风和日丽的三月曝书，是旧时文人的传统，对于台湾，当然更和那里潮湿有关。三月对于我，却是扔书时节。老来之后，几乎每年到春暖这时候，都要把书房里越堆越多的书，毫不客气地清理出一部分，将那些从来没看过的，或看过之后没有必要再看的书，全部请出，送给需要的朋友，朋友不要的，都卖了废品。我不藏书，只读书，我一直觉得书应该越读越少才是，最后留在你身边的书，就像最后的朋友一样少，而不是越读越多，成为臃肿的附庸。

去年年末开始，全楼整修，更换全部上下管道和玻璃窗，工程不小，一下子，屋里弄得十分凌乱，那些塞满书架、堆满角落的书，更显得拥挤不堪。趁着开春天气渐暖，索性来个大清扫，居然整理出一堆小山似的书，突兀地堆在客厅中央。才发现，这样多的书，并不是你的六宫粉黛，而是你不需要的。准备全部清理出屋的时候，书堆得不牢，忽然哗啦啦坍塌下来一角，一本薄薄的小书，滚落在我的脚下。

是《芥川龙之介小说十一篇》。

弯腰拾起来，不禁责怪自己，忙乱之中，怎么把这本书也丢弃了呢？

这是一本1980年湖南人民出版社出版的书。书很薄，只有171页；封面很素净，浅灰底色中，只有一方"二三书屋之印"的小篆红印。如今，很少见到这样薄这样素面朝天的书了。书越来越厚，精装越来越多，封面越来越花哨，还要佩戴腰封，一列名人拦腰吆喝示众。世风变异之中，书和人一样。

这样薄的小书，很适合携带，放在衣袋里，就到天坛去了，准备到那里找个清静的地方重读。天暖时，我愿意到天坛读书，那里清静，又有古树相伴，比红袖添香更适宜读书。

想起1980年买到这本定价五角一分钱小书的时候，我正在中央戏剧学院读书。那时候，书的定价要以分计算，今天的人会觉得实在是太便宜了。要知道那时候人们的工资是多少，我是带薪入学，每月工资只有四十二元半。记得很清楚，学院食堂里中午卖肘棒，每根要五角钱，不是什么时候都敢买一回肘棒吃的。买一本《芥川龙之介小说十一篇》，少吃了一回肘棒。

书是在学院后面地安门大街路东的一家新华书店买到的。书店很窄小，书却很齐全，这本书当时印了两万八千册，幸运的是，其中一本留在我的手里四十二年，差点儿和它失之交臂。记得当时在戏剧学院的宿舍里，晚上熄灯之后，黑暗中，和同学争论日本作家芥川龙之介和川端康成，有人喜欢川端康成，我更喜欢芥川，以当时浅薄的阅读经验，觉得川端康成的小说写得有些磨磨叽叽，不如芥川写得干净紧凑，那样大开大合，内容含量大，留白甚多，要不，那么短短的《竹林中》和《罗生门》，也不能改编成一部电影。黑暗中的争论，意气风发，像煞有介事，谁也不服谁，谁也说服不了谁。年轻时买书，读书，其意思和感觉，和现在真是不一样。

书的译者是楼适夷先生，看书的后记，知道是他1976年4月到6月所译。在这本书的后记中，他说："1976年是怎样的年头，四月又是什么日子，这是大家都知道的。天快要亮的时候，夜照例是特别黑暗而寒冷的。"1976年，是"四人帮"被粉碎的前夜。4月，爆发了悼念周恩来总理的"四五"运动。那一年，楼适夷先生七十一岁，从五七干校回家快三年了，头上还戴着"帽子"，身上还背着"包袱"。这是这本书翻译的时代背景和私人心境，这本书由此而增加了厚度，超出了芥川小说本身。

楼适夷先生是翻译家，当时之所以选择翻译芥川，在后记中说因为鲁迅先生最早翻译芥川的小说，1923年就翻译了《罗生门》,后来还想翻译芥川的作品,可惜天不假年,未能如愿。楼适夷先生翻译芥川,是出于对鲁迅先生的敬重。

在后记中,他又说,译稿"是用两张复写纸,复写出三张稿纸,装订成册,变成一本书的样子,请二三家人,和二三个不与我划清界限还有来往的友人,充当我的读者"。于是,他特意请人刻了一枚图章,便是"二三书屋之印",我们便也明白了,封面所印的这方印章的含义了。

芥川的小说,如今译本很多,这个译本,有如此多的元素在内,便不只属于芥川,也属于楼适夷先生和他所属的那个特殊的时代,更有了另一番价值和象外之意。

我是坐在天坛的藤萝架下看这本小书的。初春中午的阳光,温煦暖人。这一天,我主要看其中的《秋山图》一篇。四十多年前读过,竟然一点儿印象都没有了,当时只顾看《竹林中》和《罗生门》,还有《地狱变》了,也可以看出当时读书不认真,没有能够领悟其中的奥妙吧。这是一篇写清初大画家王时敏两次寻找元代画家黄公望的名作《秋山图》的故事,同样一幅画,五十年之后,时代与人心的变化中,有着完全不同的样貌和感觉,其亦真亦幻,扑朔迷离,以至让王时敏心中竟掠过"狐仙"的缥缈之感。

芥川的小说中,重写并改写古代故事的,占有相当部分。这是他那一代日本小说家的创作传统,我们这样的传统似乎少了些,自鲁迅先生的《故事新编》后,曾有冯至、陈翔鹤等老作家写过一些,之后似乎更少见。那些热衷于宫斗或王朝更迭或让古人和历史改头换面以迎合形势的小说,似乎不在此列。《秋山图》重写的是我国古代故事,观照的是今世的感觉,至今依然气韵贯通,并没有让人觉得过时,这才是文学。这篇小说写得干净利索,如同冰冷而嶙峋的骨架凛然;情节又步步紧逼,如同层层剥笋而百味次第逸出。

不知怎么搞的,放下书,忽然觉得这一篇《秋山图》的写作风格,和汪曾祺先生有点儿相似。汪先生也喜欢改写古代故事,比如《聊斋》,就曾乐此不疲地改写过多篇。改写古代画家的故事,汪先生也有过写扬州八怪之一金农的《金冬心》。而且,汪先生和芥川都是取材于我国笔记,并非天马行空随心所欲另起炉灶的编造。芥川的《秋山图》取材于清初恽寿平的《瓯香馆集》;汪先生的《金冬心》取材于清晚期朱克敬的《儒林琐记·雨窗消意录》。他们都有这样的兴趣和积累,这样的修养和笔力。

这么一想,如果汪先生重写画家王时敏寻访画家黄公望的名作这同样一段故事,不知会写成什么样。肯定,会和芥川不一样,也会很有意思。

真的很想让汪先生和芥川PK一下,让我大开眼界一番。不过,也只能是想想而已。汪先生已经故去二十五年。

一本薄薄的小书,一篇短短的小说,竟然拔出萝卜带出泥,连带起三位作家,心头一时涌出莫名的感觉。想想,三位作家都已经仙逝。楼适夷先生活到九十六岁,最为高寿;汪曾祺先生活到七十七岁;而芥川活的年头最短,天不假年,只有三十五岁。命运跌宕，人生如梦，如那幅《秋山图》一般，如影如幻而幽深莫测。

合上这本《芥川龙之介小说十一篇》，日头已经偏西，阳光透过瘦骨嶙峋的藤萝架，在书上洒下斑斑点点的光晕，跳动不已。

回到家，再翻书时，发现书中还夹有一小窄条薄薄的纸，上面抄录一段话，字迹潦草，是我写的。照抄如下，也许，别有一番意思：

>番茄初生长秘鲁和墨西哥森林中，被当成有毒的果子，叫"狼桃"，没人敢吃。十六世纪中叶，英国一公爵到南美游历，见后把它带回英国，作为稀有的礼品，献给情人伊丽莎白女王。从此，欧洲称之为"爱情的苹果"。十八世纪末，法国一位画家，冒中毒致死危险，亲口尝了两三个，觉得酸甜可口，经他宣传而流传。明入我国，最早见于《群芳谱》一书，名"蕃柿"，供观赏。吃才有六十年左右的历史。

这一段是从哪里抄来的，又怎么夹进芥川这本小说中，我已经一点儿都没有印象了。关于番茄这样一段历史，还是挺有趣的。算一算，80年代抄录这一段，到今天，我们吃番茄已经有一百年的历史了。想当年鲁迅先生最早翻译芥川小说，到现在也有一百年的历史了。再一算，芥川写《秋山图》是1921年

12月，到今年也有一百年。真是巧合。

  怎么那么巧合呢？不知别人会怎么样，如果让我来重新改写《秋山图》，在结尾处，我要加上这样一段，芥川写《秋山图》，鲁迅翻译芥川，番茄，这样的巧合在一百年之后相遇了。尽管有点儿混搭，但也许，有点儿意思呢。

48　找一棵树

花甲门前的甬道上，有两只白鸽，一只大点儿，一只稍微小点儿，正嘴对着嘴地亲吻。老远的地方，站着好几个人，拿着手机，纷纷在给鸽子拍照。人们似乎怕惊动鸽子，鸽子却旁若无人一般，噘着尖尖的小嘴亲吻着，很亲密、很投入、很享受的样子。真是可爱，难怪那么多人对着它们拍照，两只白鸽，简直成了舞台上众目睽睽下的罗密欧与朱丽叶。午后的阳光，透过松柏的枝叶，洒在甬道上，反射出浓郁的绿色光斑，两只白鸽在树荫下，显得更加洁白如雪。

甬道的旁边，有好几个长椅。坐在我旁边的小伙子，看样子不到三十。他一直坐在那里看手机，我一直在画画，互不干扰，相对无言。但我看得出他的心情并不好，手指不断敲打着手机屏，偶尔抬起头看看，不知看什么，眼睛的焦点是模糊的、茫然的。甬道上那两只亲吻的鸽子，都没有引起他的注意。

4月上旬的天坛，二月兰开得像疯了一样，烂漫如水，四处漫溢。但是，甬道西侧的一片丁香，再西面的藤萝花，都还没有开。不知为什么，天坛里的花，比我住的小区里的花开得要晚。没有什么花开的4月，松柏荫下，显得有些忧郁，有点儿像这个小伙子的心情吧。

忽然，听见了人们轻轻的笑声。我和小伙子都抬起头，看见甬道上那只小点儿的鸽子扭动着身子，蹦着，跳着，追跑前面大点儿的鸽子。它终于追上了，伸出小嘴，又和大点儿的鸽子亲吻在一起了。在求吻呢！

小伙子忍不住也笑了。

我也笑了，指着两只鸽子，顺口对小伙子说了句：像人似的！

小伙子应了声：可不是！

就这样，我们两人聊了起来。萍水相逢的人，相识得快，一个话题，就可以如一点火星，点燃起一串鞭炮。更何况，北京人大多是自来熟，爱聊。

小伙子指着那两只鸽子，对我说起了他自己这样一件事。

三年前的秋天，别人给他介绍了个女朋友，认识没多久，彼此的感觉都不错，他约女朋友到天坛看银杏。北天门前的银杏叶，正是一片金黄最好看的时候。来这里拍照，是很多人更是情侣们的选择。看完银杏，拍完照，他拉着女朋友走进了西边的柏树林。他心里蠢蠢欲动，揣着个小心眼儿，想找个僻静的地方，亲吻一下女朋友。他看出来，女朋友也有同样的心思，要不，不会让他牵着手，就往树林里走。他们走到树林深处，走到一棵柏树下，那棵柏树枝叶如纷披的长发似的低垂，正好

此门前银杏又黄了 2020.10.30.

可以遮挡住他们的身子……

说到这儿，小伙子没再往下说，只是指指甬道上的那两只鸽子。我明白了，在那棵树下，他们可以畅快地亲吻了。我忍不住笑了，忽然想起当年看过的一个苏联话剧，演的是一对年轻人正在亲吻，列宁走了过来，看见了他们，他们也看见了列宁，忽然不好意思，列宁赶紧对他们说：你们接着吻，革命并不妨碍年轻人亲吻！当时，剧场里的观众都忍不住笑了。

小伙子见我笑，有些不解，以为我在笑他，不大高兴地问我：您是不是觉得我有点儿可笑？

我忙摆手，对他讲起刚才忽然想起的话剧这一幕。

小伙子听完也笑了，但我看出来了，是苦笑，便问他：怎么了？

他告诉我：您应该知道，没过多少日子，还没等到过春节，新冠疫情就暴发了，钟南山在电视里说人传人，北京人跟着也紧张了起来，过年都没敢出门。现如今，这都到第三个年头上了，断断续续，封小区，居家办公，出门、进京，都受限制，我和她见面越来越少，关系也越来越淡，到最后……他说着，一摊双手。

我明白了，明知道是无疾而终，还是问他：怎么闹的？

他望了望前方，沉默了一会儿，对我说：今年春节前，我办事路过她的单位，想好久没见没有联系了，给她打个电话吧，快到吃午饭的点儿，能约她出来吃个饭，不行，起码问候一下，买卖不成还有仁义在嘛，毕竟认识一场！谁想，拨通她的手机了,她告诉我她人不在北京。我以为她出差了,问她在哪儿呢。她笑着说在她老家呢!我这才问清了,她都回家乡半年多了!

说到这儿,他打住了,看我还在愣愣地望着他,接着说了句:单位裁员,没辙啊!现在,好多地方都不景气,关张的挺多!

是啊,疫情闹腾两年多了,还没有到个头。这些天,吉林和上海封城,让人更是揪心。情侣的见面和亲吻,还不如鸽子这样自由自在,随心所欲呢。

最后,小伙子告诉我,他今天休息,没事可干,忽然心血来潮,跑到天坛,想找找三年前两个人第一次亲吻时旁边的那棵树。可是,他没有找到。柏树林里的树太多了,有好多那样枝叶低垂的柏树,他不知道是哪一棵了。

不知什么时候,甬道上的那两只鸽子,已经飞走了。

49　谁演得最好

天暖之后，月季园北边的藤萝架下，总会坐很多人，都是北京的大爷大妈，偶尔也会有中年人或年轻人，一般是周末休息的时候。天坛里，有很多藤萝架，为什么这里人气最旺，多少让我有些奇怪。可能和这地方的位置有关，一边有月季园，一边又靠着丁香花丛，花开季节，花香浓郁；又因为这里南北通透，即使寒冷的冬天，也有阳光普照，很是温煦。但是，再一想，也不见得对。想起前门大街，在北京中轴线重要的南端，清末民初一直到20世纪90年代，一直人气很旺，前些年重新改造之后，地方还是那个地方，北京人却很少再到那里去，去那里的，只是外地来京到此一游的游客。看来有些地方，人气的聚拢，跟人心更相关，这和物理学中的趋光作用类似。

那天中午，我坐在藤萝架下，一边晒太阳，一边画对面正聊天的几个人。几个人的年龄，应该比我小几岁，有男有女，正在聊电视剧《人世间》。这部电视剧刚刚热播完，听他们大嗓门儿兴致勃勃地议论，显然都很喜欢，意犹未尽地说个没完。

我也很喜欢，觉得是最近拍得最好的电视剧，便格外注意听他们叽叽喳喳的议论。

他们在议论周家的人里面谁演得最好。各有各的看法，谁也不同意谁，谁也说服不了谁。

有人说妈妈演得最好。立刻有人反对：太胖了，哪儿像那时候的人啊！还不如郑娟妈像！

有人说爸爸演得最好。立刻有人反对：是不错，就是前几集，后面基本没他的戏了，除了临终前睡在炕上的戏之外，几乎成打酱油的了。

有人说郑娟演得最好。立刻有人有不同的意见：是挺好，就是从头到尾都是一副悲悲惨惨的样子，说话乌乌涂涂的，嘴里跟含着热茄子似的，不好听。

反对的声音立刻响起：你是听人家说话呀，还是看人家表演呀？

一位老爷子摆摆手，打断了她的话，说道：要我说，平心而论，还是秉昆演得最好。

反对的声音停了半晌，另一位老爷子说话了：我同意，确实他演得好，只是，他也实在是太苦了，几乎家里所有的苦，都让他一人给吃了。再说，他虽然最苦，和六小君子的哥们儿一样，也都是光字片的底层人，可他一个人怎么就那么特殊？哥哥是大官，还有个省长的女儿做嫂子；姐姐又是大学教授，姐夫还是著名导演；他自己还有马守常那么个当官的给力的朋友。你们说，他怎么就那么得烟儿抽？咱们有一个算一个，谁有这样的本事、这样的福分，有这样的关系户？要说占其中一个两个，也可以，好家伙，要风有风，要水有水，都占全了，这也太巧了吧？我觉得秉昆的真实性打了折扣。

立刻，又有人反对他：你这要求也太苛刻，这是电视剧，不这么编，怎么编？你给编一个试试？

他摇摇头，不再言声儿。

有人又说秉义演得好。有人又说冬梅演得好……把周家的人，从老到小，上下三代，评头论足，挨个儿都扒拉了一遍。很久没有见到一部电视剧，能有这么旺的人气，热议到公园里了。真替晓声高兴。

这时候，一位大婶看见我伸着脖子听他们的议论，听得挺来劲，站了起来，指着我说道：那位大哥，你别光在一旁拾乐儿，你也说说，到底谁演得最好？

我只好走了过去，冲他们说：要我说啊，这部电视剧选的演员个个称职，我觉得演得最好的，还得是秉昆！郑娟演得确实不错，但她的性格基本是吃苦耐劳，隐忍善良，这样的角色，相比较讨人缘，好演一些。秉昆不一样，他要面对的是父母，是哥哥姐姐，是郑娟，还有郑娟的妈妈、弟弟和楠楠，还有他姐姐的孩子玥玥、自己的孩子周聪，还有那个坏蛋骆士宾，还有自己的哥们儿六小君子五十年来人情冷暖的颠簸变化。这些人的年龄不同，经历不同，性格不同，命运不同，演秉昆的雷佳音要面对这么多人，他的表演就显得更丰富些。我是这么看的，不知道你们觉得有道理没有？

刚才说秉昆演得最好的那位老爷子，像见到了援兵一样，立刻说：看，我说了吧，还是秉昆演得最好吧。

但是，立刻，也有人摇头不同意，依然顽固地各持己见。萝卜白菜，各有所爱，你说黄鼠狼是香的，他说刺猬是光的，你一言，我一语，争得乱成了一锅粥。好多路过的人，看这里争论得这么热闹，忍不住围过来看。

敢说，这是近年来人气最旺的一部电视剧。

这也是藤萝架下人气最旺的高光时刻。

这群人热热闹闹散去，我还坐在藤萝架下画画。初春的天气不错，快到中午，阳光很暖。这一天的气温预报，最高是十四摄氏度了。

没过多大工夫，刚才那位说秉昆的关系户多的老爷子，杀了个回马枪，又走了回来，走到我的身前，和我打着招呼。

我问他：您怎么又回来了？

他说：我想和您再聊聊。刚才听您说得挺有道理，看您是个有学问的人。

我连连摆手：有什么学问呀！不过，谁都愿意听顺耳的话，听到他这么一说，心里还是挺舒坦，多少有点儿惺惺相惜。萍水相逢，也属难得。

我就是想和您聊聊，您说《人世间》这部电视剧，我真的非常喜欢，一直在想为什么它这么受普通百姓的欢迎。没等我回答，他自己先说出了答案，要我说，它演的是普通老百姓的家长里短，还挺真实，老百姓看了，自然就容易联系起自己，用现在时髦的话说,就是"共情",有"代入感"。您说呢?

我点点头,想接着他的话茬儿说几句自己的想法。谁知,他没有容我说,继续说道:我一直琢磨,您说一般人看了电视剧里面周家三个孩子,心里面都在想什么呢?想的什么,才让人们有这样浓的兴趣,跟着周家三个孩子一起经历悲欢离合,好像真的一起过了那五十多年沟沟坎坎的日子一样呢?

这一次,我没有搭话,我明白了,他并不是真的想听我说,他的心里早揣着答案,他杀个回马枪,就是想一吐为快。显然,刚才和他的那群朋友聊得,不是不够尽兴,就是有点儿话不投机,争把起来,让他不舒服。他希望到我这里找到知音。在天坛,这样的人,我遇到不少,别看不过是萍水相逢,却越是萍水相逢,越能够倒出心里的话来。和自己相处久的人,哪怕是自己的朋友,乃至亲人,要倒出这样的心里话来,都要掂量一下。因为和自己的朋友或亲人总有利害关系,怎么也得局着点儿面子。萍水相逢,说过就说过了,人就走了,说过的话,好呀赖呀的,深了浅了的,都没有任何关系,水过地皮湿罢了。这或许就是人际交往诡秘的一面吧,或者可以叫作"萍水相逢逻辑"吧。

我等着他自己说。不过,他说的也并不是什么机密的,或高深的话。他只是说:人们在秉昆的身上,寄托着好人好报、苦尽甜来的愿望;在周蓉的身上,寄托着对才华对知识一贯的憧憬;在秉义的身上,寄托着自古以来对清官的盼望。

然后,他进一步总结:第一点,是善良的宿命;第二点,是对"书中自有黄金屋"的崇拜;第三点,还是盼望着黑包公青天大老爷的出现。不都还是以前老戏码延续下来的吗？没什么变化，都是最原始的最善良的最老套的最传统的。

等他总结完毕，我对他说：您总结得还是真对！我看您才是真的有学问呢！这三点，从来都是普通人最朴素的愿望，最简单的价值观。几千年，都是这样，甭管时代怎么变，这三点没有什么改变。

他点点头，接着说：没错！以前，老百姓没有什么文化，基本是从听评书看京戏，来了解历史，认识社会，联想自己的生活情感的。评书和老戏里，说的，演的，也都是这样几点老百姓最关切的东西，最能安慰老百姓饱受苦难的心。到后来，评书和京戏都不行了，听的看的人少了，小说流行了起来，那时候，一篇《班主任》，就可以洛阳纸贵，红遍大江南北，还不都因为里面有老百姓渴望的这些东西？现在人们看小说也少了，不就都看电视剧了吗？所以说，电视剧这玩意儿厉害！电视剧，就是早年间的评书和京戏，您说是不是？

聊痛快了，他和我告辞，回家吃午饭去了。

分别之际，我知道了，他比我小一岁，同属于老三届。老三届，当年上山下乡运动中，去全国各地插队的多，也有很少的一部分人，都是根正苗红出身好的，留在北京，当了老师，或工人。我们学校的一些同学，就留在人民机器厂当工人，到远郊当小学老师。他就是在怀柔当的小学老师，教语文，粉碎"四人帮"后，调回城里的一所小学校，后来读了夜大，当了副校长，一直干到退休。

50　丁香花丛

谷雨那天,我去天坛,没有想到,不是休息日,人居然那样多。大多是去看丁香花的。这时候,西府海棠落了,紫藤花还没有开,正是丁香一花独放的好时候。

天坛里所有的花,都是这几十年后栽的。明朝建天坛是作为皇家祭天的圣坛,只有松柏,没有一朵花。如今,这一片丁香花丛,有百米之长,成了北京有名的丁香赏花之地,盖过了法源寺曾经网红的丁香花海。

虽然来天坛那么多次,但都错过了丁香花开的时节,这是我第一次见天坛丁香怒放的盛景。记忆中,这里的丁香是紫色的,眼前却是一片洁白如雪。看来记忆是不可靠的。如今,不可靠的东西越来越多了。

从南头到北头,穿过丁香花海,如有雪花纷纷扑面而来,浓郁的花香,沁人心脾,是所有的花难以匹敌的。游人很多,摩肩接踵,都是拍照的,人气旺得胜过祈年殿前。丁香花丛西侧,有一溜儿长椅,坐在那里的,大多是拍照累了休息的,或

天坛的丁香丛 FuxinG 2019岁末

是换装的，换上漂亮的衣服，再去丁香花前拍照。转了一遭，我看长椅上坐着的人挺多，几乎人满为患。走到一位老人的前面，不仅因为他身边的座位是空的，而且因为他戴着一副老花镜，捧着一本书看，看得极其认真，根本不管身边丁香花丛的喧闹。老人这样子，吸引了我。

我靠近老人，跟他客气地打了个招呼。话声惊动了他，他抬起头，看他镜片后的眼神，似乎有些埋怨我打搅了他，但是，很快宽容地冲我点点头，算是回礼，然后，接着低头看书，神情很投入，好像书中有什么迷人的小鹿或仙女，瞬间就会跑走，再也找不到。

我很好奇，问老先生：您看的什么书？

老人没有理我，只是把书的封面抬起来，让我看了一眼，是叔本华的《作为意志和表象的世界》。早些年，商务印书馆出了一套汉译名著，这是其中一本，白色的封面，书名很醒目。封面有些破旧，显得脏兮兮，显然书有年头了。

老人显然看见了我面露惊讶的神情，似乎有些隐隐的得意，随手翻了翻书页，显示显示一般，让我看看，这可不是一般小说之类的流行读物。我看见书页每一行字的下面，都用密密的红线勾画，满满一页，全是红笔画的红线，像是一道道红丝线，将那一行行的字全部紧紧绑住，不让一个溜走。

好家伙，叔本华，您够厉害的呀！我禁不住说。

老人这才对我说了句话：你厉害！

这话说得我一愣，不知道是什么意思。是表扬我对他的赞扬,还是揶揄我居然也知道叔本华?我赶忙说道:我厉害什么呀,还是您厉害!您这是本老书了,老早就看过了,现在还在看,您多厉害呀!

老人浅浅一笑,不再搭理我,埋头看他的叔本华。

我本想坐在老人身边的空座位上,画画丁香树丛,但看看他认真读书的样子,走开了。看到一个座位上的几个年轻女人刚换完装笑嘻嘻地离开,我赶紧走过去,坐下来,从书包里掏出笔本,开始画丁香树丛。远远地望望老人,心想,我们两人,互不干扰,一个着眼于热闹的眼前,一个沉浸在遥远的过去。

不知什么时候,耳边听见一个声音:爷爷,您画得真好!

转过身,看见背后站着一个小男孩,在看我画画。

一般在天坛画画的时候,总会有小孩凑过来看。小孩子好奇,天真可爱,我特别愿意和他们说说话,会得到清纯如水的交流,当然,还会得到他们的表扬,让我有种说不出的满足。也会忍不住想起自己的童年,想起远在国外的小孙子。

我把画本递给他看,逗他:你看我画得行吗?

他立刻说:您画得这哪儿是行啊,简直是太好了!比画家画得都棒!

我笑了:你可真舍得用词儿,这么使劲儿地夸我!

他也笑了:我妈说了,对别人讲话的时候,要多夸人家!这样人家高兴,就会喜欢你!

坐在旁边椅子上的一位女人说话了:我什么时候对你说这话了?

我才看见，孩子的母亲正坐在那里，笑吟吟地望着我们。

小男孩不理他妈妈，指着画本对我说：您要是再涂上颜色就更好看了！

我说：对，我回家就买颜色去，把它给涂上！

小男孩满意地笑了。

我问他：你几岁了？

到6月份就十岁了。

四年级了吧，今天你怎么不去上课？

他妈妈在旁边替他回答：早上他说肚子疼，我给老师打电话，老师一听就说那今天不用来了。您知道，现如今让疫情闹得，老师都害怕，学生有病，别是感染了新冠！其实，我想对老师说让孩子晚点儿去学校，肚子疼又不是大事。这倒好，孩子不去上学了，我得请一天假……

我对小男孩说：不去正好，要不你妈还带不了你来看丁香呢！

小男孩笑了。哪个小男孩没有过翘课的经历呢？翘课，满足了小男孩对自由的向往。

他妈妈对他说：快跟爷爷说再见吧，咱们也该回家吃午饭了！

小男孩蹦蹦跳跳地跑走了。

中午时分，丁香花丛的人少了很多，这边长椅也空了好多。我也准备到百花亭再转转，看看那边的芍药有没有冒出花骨朵来。起身走过老人的身边，看见他还在认真地看书，没打搅他，悄悄地走了。

　　转了一圈回来，又走过丁香花丛前，远远地看见老人还坐在那里，在读他的叔本华。浓郁的丁香花影，斑斑点点洒满他一身。

51　芍药花开

天坛百花亭一侧，有一片芍药园，虽赶不上中山公园的芍药园大，也算是不小了。花开的时候，常有不少人到这里看花、拍照。那天上午，我坐在芍药园前的椅子上，画芍药丛中正在看花的人影憧憧，一位老太太坐在轮椅上，一个年轻女人推着，缓缓来到我的身边，在芍药栏前停了下来。

听那个女人对老太太说：奶奶，我给您和花一起照张相吧。

老太太摆摆手，说：老眉喀哧眼的，照哪门子相呀！

妇女坚持着：照张吧，回家好给阿姨看看！

我听出来了，这个说话的年轻女人，是老太太的保姆，她口中说的阿姨，一定是老太太的女儿了。看样子，保姆三十多岁，老太太得有八十多了。

老太太从衣兜里掏出手机，递给了她。她迅速地对着花前的老太太啪啪照了好几张，口里不住喊着：笑一下！您笑一下！

老太太抿着嘴，没有笑。

老太太转过身，望着芍药花，半天没有动窝。保姆无意看花，也无事可干，来回溜达，不时伸伸胳膊踢踢腿，活动着身子。满园的芍药开得正旺，天气也好，阳光洒在花朵上，格外明亮照眼。老太太坐在轮椅上看花的背景，被我画在画本上。

不知怎么，保姆忽然看见了我的画，高声冲老太太叫道：奶奶！您快来看啊，他画您呢！还挺像的呢！

老太太闻声转过身来，保姆已经跑了过去，没几步，推着轮椅，把老太太推了过来。我赶紧缴械投降一般把画本递给老太太：您看看，画得不好！

老太太看了两眼，把画本还给我，没说话。过了好半天，才说了句：我家老头儿也爱画画。这话好像是对我说，但更像自言自语。

我搭了句：是吗？那多好啊！怎么您家先生没跟您一起来看花呀？

保姆嘴快：爷爷不在了！

我不好意思地对老太太说：真对不起！

老太太摆摆手说：没关系的，都走了四年多了！

就这样，我和老太太说起话来。老太太一肚子的话，似乎也想对人倾吐一下。她告诉我，她和她先生原来在林业部工作，20世纪50年代，支援边疆建设，下放到大兴安岭林场。他们有一个女儿，从大兴安岭考进了北京的大学，毕业后，留在北京安家立业，挣钱不少，日子过得不错。老两口退休后，又回到北京，住在女儿家。要说女儿家足够大，在花市的新区买的大房子，足够老两口住。可是，先生嫌住得憋屈，又是高层，也不接地气，怎么能和大兴安岭的森林比？老太太心里清楚，先生一辈子的爱好就两个，一个画画，一个种花。画画，憋在楼里，好歹也能画。种花，就在阳台上那点儿地方，怎么种得开？女儿从老太太那儿问清了是怎么一回事，二话没说，就在近郊给老两口买了一处房子，新建的高档社区，花园洋房，完全矮层。买的是一层，有一个二十多平方米的小院，让她爸爸敞开地种花养花！

那是二十多年前的事了，房子才五千多一平方米。我们两口子都是林学院毕业学林的，我家老头儿一辈子爱摆弄个花花草草，种花，他在行！他亲自去苗圃买来二十多株芍药苗，他喜欢芍药，在东北，天冷，没法伺候这种花，回北京可中了他的意，他专门挑那些名贵的，一株要几十块钱，甚至一百多块呢。反正，买那些芍药苗，花了不少钱。他喜欢，就由着他的性子来呗！我和孩子都没说什么。

说起往事，老太太浑浊的眼睛里有了光，二十多年前的事，仿佛就像昨天发生的一样。我搭了句嘴：那您家的芍药一定种得非常好了！

那是！老太太接着说，芍药花开的时候，小区里的好多人，都要到我家来看花呢！芍药和牡丹花开得都大，特别喜兴好看，就是难养，特别是得用大肥！

我知道什么叫大肥，是把猪的下水沤烂了，施在花根下面。所以，不像草本的花，浇点水就行，芍药花开好看，费的事情就得多。

老太太听我这么说，遇到知音一般，对我说：可不是怎么着！那时候，我家院子里有一口小缸，专门盛这些东西。我家老头儿，就爱鼓捣这玩意儿，也不知道累。你知道芍药开花就在这几天，顶多十天半个月，我家老头儿为了这十天半个月的花开，得忙乎一整个春天。

说罢，老太太望望眼前的芍药花，轻轻地叹了口气，没再说话。眼前的这些芍药花，让她想起了她的先生，触景生情，再正常不过。我很想安慰一下老太太，又不知说什么好，而且，老太太根本不需要隔靴搔痒的什么安慰。

沉默了好久，我对老太太说：您家先生一走，您家院子里芍药花肯定也就不行了吧？

老太太一挥手说：这你就错了。我家院子里的芍药花一直开得不错呢！

我赶紧找补：花也通人情呢！

老太太说：是啊！就冲这芍药，我也不舍得离开那个房子呀！我孩子不干，我一个人住在那儿，她不放心。我说雇个保姆，孩子说还是搬到她家里，在她眼皮底下放心些。她说生怕我也像她爸爸一样突然不行了。一个跟头起不来！这不，磨蹭了三年多，摔了一个跟头，伤了胯骨轴，孩子说什么也不干了，为让她放心，最后，只好把那边房子卖了，搬到这边来了。

我问：您舍得那边的芍药花吗？

怎么能舍得？可有什么办法呢？这不，今年芍药花开的时候，只能到天坛这里看看了！

　　一直没说话的保姆，这时候说道：奶奶，哪天让我阿姨开车，带您回那边看看呗，花开得也正好看呢！

　　老太太摇摇头。

52　东天门前

初夏的一天，快到中午了，我从天坛东门进园，沿着内垣墙根儿往南走。

天坛的内垣之外，有一圈外垣环绕，形成两道圆，双层拱卫着中心的祈年殿。唯独这一段，也就是从现在的东门到南门一直到西门之间，只有内垣，没有外垣，相当于天坛的半个外墙没有了。这是历史遗留下来的问题，民国以来，后建起的新旧建筑，包括单位和民居，逐渐蚕食并占领这一段外垣。近年来，虽然腾退了包括天坛医院等一些建筑，但是，远远不够，想要恢复外垣原貌，不是那么简单的事情。

如今，内垣前有一条铺就得挺宽挺平整的甬道，方便人们散步或跑步。甬道旁，是前些年新栽的柏树，一年四季，郁郁葱葱，已经蔚然成林。清早，常有人在林子里锻炼。我小时候，这里可不是这样，天坛并没有东门，在东门稍微往南一点儿的位置上，有一个外垣的豁口，为了不买门票，我们一帮孩子，常从这个豁口跳进天坛里玩。那时候，柏树林的位置上，是菜园，也种有白薯，不知是天坛自家的，还是附近居民种的。总之，有些荒僻，也可以说有点儿田园味儿。这样的情景，一直延续到20世纪70年代。1971年秋天，基辛格访华，参观天坛，看见人们在这里拔萝卜，兴致勃勃走过去，要了一个萝卜尝尝，成为一段佳话，也成为天坛这段特殊历史的佐证。

如今的内垣是整修过的了，显得很光鲜明亮。往南走不远，是东天门。东天门保留得很完整，和北天门、西天门另两座门的规格一样，都是三座城门，绿瓦红门。如今，这三座大门，唯独北天门在天坛之内，东天门和西天门尽管东西遥相对峙，但，西天门门户洞开，东天门的大门却是紧闭不开。没法开，因为外面的民居，还有个小体育场，都还在。

东天门西天门之间是丹陛桥，这是天坛的中轴线，连通圜丘和祈年殿。丹陛桥的东西两面，各有一道斜坡，是后来为方便游人打通修的，这里东西两面是有围墙的。原来丹陛桥下有两个洞，洞口分别对着东天门和西天门，可以走人，横贯东西，就不用爬坡了。大概因为以前祭天之前赶牲畜到宰牲亭去屠宰，这个涵洞被称为"进牲门"，后来又被人们叫成了"鬼门关"，不大吉利吧，现在，两边的洞口都被封死，不再走人了。

如今，东西两侧各有一条宽敞笔直的东西甬道。紧把着甬道东头的南北两边，有了两个长椅，有时候，我会坐在这里的椅子上，画正对面的东天门，也可以画甬道上来往的游人和他们身后的柏树林，或者丹陛桥上隐隐的游人。如果另一侧的椅子上坐着人,还可以画画他们,一般都是北京的大爷大妈坐在那儿歇息。

这一天,这两个椅子,正好有一个是空的,我紧走两步,想坐在那里画画。还没走到椅子跟前,前面椅子上的一个女人,突然站了起来,迎面向我走了过来。我以为是熟人,停下,想等她走近,看清是谁,好打个招呼。

走近一看,不认识。她却开口对我说道:你可是来了!这话说得我有些发蒙,定睛仔细再看,真的不认识,刚要开口说您认错人了!看我片刻迟疑,她的话已经抢在我前头:怎么,你不是毛头呀!

她真的是认错人了。我忙对她说:我不是毛头。

她似乎有些不甘心,以为我在和她开玩笑,问道:您……不姓陶吗?

我对她说:我不姓陶。

一下子,她像泄了气的皮球,刚才的兴奋劲儿消散殆尽。停了半晌,对我抱歉地说:真对不起!眼拙了,我认错人了!

我这才仔细打量了一下她,是个长得精悍的老太太,瘦瘦的,高高的,戴一副精致的眼镜,皱纹已经爬满脸,但面容白皙,年轻时应该是个挺招人的美人。

没关系!岁数大了,我也常认错人!

听完我这句话,她显得有些不高兴,问我一句:岁数大了?您多大岁数了,您大,还是我大?

我告诉她:我今年七十五了,岁数还不大吗?

她微微叹了口气：我今年七十六了，比您大一岁。

相仿的年龄，让我们两人一下子有了点儿同病相怜的感觉，坐在椅子上聊了起来。我才弄清楚，老太太是来等人的。约好了上午10点整在这里等，这都快12点了，人还没等到。

我们原来都是四十九中的同学，四十九中，你知道吧？

我说知道，就在幸福大街上。

我们两家也都住附近，小时候常到天坛这里玩。那时候，这旁边有个豁口，你知道吧？

我说知道。

我们常翻过豁口，就跑到东天门了。

我说我们小时候也是这样，天坛就像是我们的后花园，东天门是我们进天坛的第一站。

不仅年龄相仿，经历也相仿，进天坛先到东天门也一样，童年和青春时光，一下子回溯眼前。她笑了笑，爽快地对我讲起今天在这里约会的来龙去脉。简要截说，老太太和这位爽约的陶同学，是中学六年的同班同学，上学来下学走的，星期天去图书馆，都是约好一起，彼此挺要好。1965年，高中毕业，两人考入两所不同的大学，陶同学的大学在北京，老太太的大学在西安，分别之际，把六年中学时光彼此心照不宣的感情，吞吞吐吐地说了出来，话说得吞吞吐吐，意思很明确，就是想把这样的感情延续下去。谁想，刚上大学还不到一年，"文化大革命"开始了，课停了，一个去了边疆的部队，一个去了大山里的五七干校。等大学毕业分配工作，是将近十年之后的事情了。这样的颠沛流离中，刚开始还通了几封信，后来，渐渐地，信没有了，两人断了联系。等她退休从外地回到北京，老街老屋面目皆非，她自己已经是个老太太。

一晃，从1965年到今年2022年，你算算多少年了？大半辈子过去喽！老太太感叹了一句。

是啊！这么多年过去了！您还记得！

怎么能不记得呢？虽然，算不上什么初恋吧，毕竟也是第一次朦朦胧胧的感情，挺美好的事情。

如果不是中学同学聚会，老太太也想不起和陶同学联系。陶同学没有参加聚会，老太太是从别人那里要到他的手机号码，给他打通电话，他很意外，也很高兴。小六十年没有联系了，突然又联系上了，搁谁也都高兴。

这地方就是他定的。小时候，我们都翻过豁口到这里玩过，这有三个大红门，虽然那时候不知道叫什么名字，可都知道这里啊！老太太指着东天门，对我说。

可是，陶同学定好的这个地方，他自己却没来。老太太叹了口气。

我安慰她说：兴许，他是想保留青春时的美好印象吧。

是啊，现在都老眉喀哧眼了！老太太摇摇头，过了一会儿，对我说：我真后悔，干吗心血来潮给他打了那个电话？他也真是的，定好了这个地方，这个时间，自己又不来了，这是跟我抡靴子玩儿吗？其实，见个面，就是想叙叙旧，有什么呢？

老太太快人快语。我知道，是在发泄，这样性格的人，发泄完了,心里就痛快了,也就没事了。

忽然,老太太问我:假如你是他,今儿你来不来?

是啊,假如我是陶同学,今天我来不来呢?

53　理发师

  天坛的门，很多，一共有八十五座。名字大多起得很典雅，有其各自的意义，比如正门叫祈谷门、南门叫昭亨门、皇穹宇前的门叫成贞门，等等。三座门的名字，起得却显得很随意，大概因为它只是随墙门，一大两小，就叫成了三座门。

  不过，这只是一种解释。也有人认为，三座门的称谓表面形似般简单，细究起来，不那么简单。以前，老北京景山西面有明清两代的皇家牌坊，也被叫作三座门。长安街上，天安门两侧的长安左门和长安右门，也被叫作东三座门和西三座门。这些三座门的来头都不小，不是一般地方有的。三座门，也不是那么随便叫的。因此，天坛这里的三座门，自也有皇家气派，并非普通人家。

  为什么要设这样一道门，我一直不得其解。它在天坛中间偏西的位置上。沿它东西走向有一道围墙，东到成贞门，可以上丹陛桥，到祈年殿祭天。它西北侧，很近，是皇帝来天坛祭天时住的斋宫。莫非是为了皇帝祭天时的安全，特意修了这样一道围墙？那为什么要在这里开三座门呢？我猜测，可能是天坛辟为公园后开的，为了游人方便。

三座门的南面，比起北面，要清静很多。外地游人，一般游完斋宫，很少到南面去。南面，是后来补栽的一大片柏树林，铺铺展展，一直蔓延到天坛的外墙。林荫道上，有不少长椅。紧靠最西边的长椅，正斜对着三座门，我常在那里，或呆坐，或画画，有人来坐在旁边，一起聊聊闲天。

初夏的中午，天已经有些热了，这里很凉快，树荫浓密地洒下，一片幽暗，阳光在外面闪烁，明亮得格外耀眼，三座门的红墙碧瓦，被照得流光溢彩。一个三十多岁的男人，背着双肩包，走到我的面前，问我旁边有人坐吗。我说没有人，他放下包，坐在我身边的空位上，从包里拿出一瓶矿泉水，咕咚咚地喝了好一阵。

看他人长得挺不错的，眉眼周正，个子又高，听口音是南方人，便问他哪儿的人。他告诉我是芜湖的。我说芜湖我去过，一条长江把城市分成两半，很漂亮。他说是，北京是不错，就是没有我们芜湖那么多的水。他又说：芜湖还有镜湖，不知你去过没有？是当年南宋诗人张孝祥的花园，也非常漂亮。我们芜湖本来是安徽有名的旅游城市，现在让疫情闹得，差好多了。

就这么有枣一棍子、没枣一棍子，胡乱聊了起来。

我问小伙子是来北京公干，还是来玩。他望了望我，告诉我是来散心的。这一阵子疫情闹得，出行不便，又是独自一个人，跑到北京来散心？散什么心？莫非有什么愁事？

小伙子从我的眼神里似乎看出我的疑问，轻轻地叹了口气，欲言又止，抱着矿泉水瓶，咕咚咚，又喝了几口水。

我接着问他：你是做什么工作的，现在不是假期，能有假吗？

他说他是理发师，自己开的店，放不放假，自己说了算。

前几天，我刚看完日本作家荻原浩的小说《海边理发店》，一下子对他感兴趣起来。在这篇小说里，荻原浩说："口才是理发师的必修课。"难怪他口才不错。我便对他说：刚才听你介绍你们芜湖挺好的，还以为你是干旅游的呢。

理发师见的人多，一边理发，一边愿意和顾客搭讪，都是心理学家。小伙子听得出我说的话这样带有奉承意味，有些言不由衷，知道我心里想要问他的是什么，坦诚地对我说：您知道，疫情两年半都多了，一直也没有消停，像我这样的小店非常难干了。本来在我们那一片，我的店虽然小，但开的日子久，都坚持五年多了，多少积攒了些名气和人脉。这两年多，疫情反反复复，店封了又开，开了又封，不停地折腾，来的客人越来越少，真的很难维持。

这是可以想象的。不止他一家理发店，不少店开不下去了，关张的都有。我小心翼翼地问他：你跑出来了，店还开着吗？

他一摊双手，不干了！这不，这个月房子的租期到了，立刻就关门大吉，再不操这个心，背着包就出来散心了！

那你以后怎么办呀？我又问。

先散散心再说吧。俗话说老天爷饿不死瞎家雀儿，反正我

天坛三座门初秋

53 理发师

有手艺，更饿不死我！

这话说得有些无奈，更有些伤感。看完获原浩的小说，觉得理发师都有自己的故事。理发师，一般能够吸引女孩子，起码，在《海边理发店》里写的是这样的。让小说闹得，顺着获原浩的思路，我试探着问他：怎么就你一个人跑出来散心？

他立刻说：我知道您想问什么。说着，冲我笑了笑。

我看得出，是苦笑，没说话，等着他继续对我说：我没结婚，但有个女朋友，跟着我一起开的这个理发店，干了五年，我负责理发美发烫发，她负责洗头打扫卫生和做饭。今年春节前，她对我说实在干不下去了，说这么着看不到头，下决心和我分手，回老家去了。她老家是巢湖的。

我明白了，如果不是跟了他五年的女朋友和他分手，也许，理发店不会关门。本想对他说这话的，想想，话到了嘴边，改口对他说：都五年了，多不容易啊，你怎么不追追她，挽留一下？

他叹口气，对我说道：不是挽留的事情！顿了一下，他自言自语道：五年了，她也不容易！

我接着他的话茬儿说：是不容易，可也怪可惜的！看你人长得挺好的，又有手艺，熬过这一段，以后的日子总也差不了！

他摇摇头，说道：您这话就说差了，这日子不是靠熬就能有出头之日的，就像这人走了不是追就能追回来的。她离开我，不能怪她，也不能怪疫情，跟您说实在的，就是没有疫情，她也得离开我！我早就看出来了，她离开我，是早晚的事情！

怎么呢？我奇怪地问他。

我前些日子在网上看到这样一个帖子，不知您看过没有，说王宝钏和秦香莲找的男人，都是渣男，不是渣男，能把她们抛弃了吗？但是，人家这渣男，一个成了驸马，一个中了状元，都把苦日子熬出头了，不仅熬出头，还都飞黄腾达了吧？您说我有手艺，人长得也还可以，不算是渣男吧？就是因为还没有像渣男一样，学会足够坏，所以以后也没有什么出息，让人家看不到亮儿，人家当然得离开你了……

说到这儿，他叹了口气。

我说：按照你这么说，你非得让她找个渣男去怎么着？

他望了望我：她已经跟了我五年，日子够长的，能怪她吗？

说罢，他一口气把矿泉水瓶里的水喝尽，用力几下，把瓶子捏扁，站起身来，向前走去。三座门前边有个垃圾箱，他走到垃圾箱前，使劲儿一甩，狠狠把瓶子丢了进去。

54　老同学

我常到天坛，见到的人多，不过，多是萍水相逢，碰见中学老同学的概率极低。尽管初中三年高中三年再包括"文革"中不上课那两年，一共有八年的漫长时光，而且，不少同学家住在天坛附近，插队到北大荒还在一个生产队摸爬滚打过，按理说总应该能遇上才是。但是，这么多年，只碰上过一回，还不能算是同学，只能说是校友。那天，在百花亭的东侧，我坐在椅子上画对面椅子上正在聊天的两个女人，她们发现我在画她们，便对我喊了句：是画我们了吧？我答道：没错，是画你们呢！就这么搭上话，才知道是我们汇文中学初中69届的校友，比我小六届。我们学校是男校，"文革"之后也就是自69届初中，才开始有了女生。邂逅中的聊天，融入了半个多世纪动荡的历史变迁，算是有着不一样的意味吧。

在天坛难得相逢老同学，说明人生的半径是极短的，即使你活的年头再长，接触的人再多，真正认识的人毕竟有限。尤其是年老之后，故旧更多凋零，如果不是有意联系到天坛相会，在偌大的公园里，意外相逢，不是奇迹，也属于罕见的巧遇。所以，尽管我常来天坛，却从来不抱重逢老同学的奇迹发生。

那天，我坐在长廊西面柏树绿荫下的长椅上，对面是祈年殿的外墙，正对着的是皇乾殿东侧的飞檐一角，夏日上午清晨，温暖的阳光中，碧绿的琉璃瓦闪着亮光，静穆如参禅入定的睿智老者。

最近的疫情闹得北京城又紧张起来，出门极少，我已经有两个来月没有来天坛。这两个来月，天坛似乎没有发生任何变化，照样花开花落，柏树青青。两个多月前，还去过神乐署画那株沧桑的老槐树，今天再去那里，朱门关闭，内在维修。两个月前，长廊就已经被绿色的塑料布紧围，里面也在维修；现在，依然没有维修完，绿布依然如一道长腰带，紧裹着长廊蜿蜒的腰身。时光不留情，不管怎么遮掩，节物变换，不遂人意，相反格外醒目。

两个多月前，还是丁香花丛人流如鲫的春天，而今已经快进三伏了。

一位和我年龄相仿白发苍苍的长者，从我的身前走过，走过去了两步，忽然停下来，站在那里，冲我望了两眼，然后，又走回到我面前，毫不掩饰的激动，大嗓门儿叫了一声我的名字！我立刻站了起来，定睛仔细看了看他，认出来了，是我初中的同学，人变老了，少年的模样还是能够认得出来。

心里迅速地算了算，自从初中毕业，我们差一年就是六十年没见过面了。记得初中毕业，他没有报考我们汇文高中，考上了四中，显然是比汇文要好的学校。他的学习成绩一直拔尖，心气自然很高。那时候，我们汇文考上四中高中的，没几个同学。

读初中的时候，我们还算比较熟，知道他和我一样，也有个弟弟；而且，和我弟弟一样，也不怎么爱学习，成绩和他是一个天上一个地上，常听他和我念叨，恨铁不成钢，亲情的恨之中，带有更多的爱。这样爱恨交加的感情，我们是相通的，所以记忆很深。只是，读高中之后，我们再无联系，差一年就六十年的人生颠簸，中间又隔着十年的"文革"，悲欢离合一杯酒，南北东西万里程，各有各的跌宕故事。

老同学就是好，即使分别很久，也能一下子缩短了时间分隔的距离，像两股水流，只要交汇，就水花飞溅地流淌在一起。彼此诉说得格外投机，删繁就简，立刻把各自的人生经历捋过一遍，让过去已久的少年友情，花开一般，摇曳生姿，变得那样地亲切、亲近和亲热起来。而且，还有一种特别的新鲜感，仿佛过去的友情不仅复活如昨，还带着这么多年未知的人生的曲曲折折，如涟漪一圈圈轻轻泛起，让人涌起一种好奇又关心的感情。同样是老同学，彼此一直常有来往，相互的生活和性情，知道得门儿清，底儿掉，便没有这样的感觉，相反容易因为知道彼此的事情过多，而产生一些矛盾和隔阂。这是很有些奇怪的事情，所谓"远水非无浪，他山自有春"吧。

他说他买过我的书，在报纸的介绍中，已经知道了我的人生经历。你可是不清楚我这几十年是怎么过来的。这样说着，他向我讲了他的经历。应该说，在过去那些年的颠簸动荡中，他算是经受磨砺之后的幸运者和成功者。高中毕业后，和我一样上山下乡，他去了内蒙古大草原，恢复高考后，他考上了清华大学。结婚晚，大学毕业之后，才结婚生孩子，是个女儿，长得漂亮，和他一样自幼学习拔尖儿，一路顺风顺水，高中毕业。他没有告诉我女儿考上的是哪个大学，只是告诉我，虽然赶不上他上的清华，也是北京一所名牌大学。

说到这儿，他轻轻地叹了口气。这让我很奇怪，问他：你这是花好月圆呀，叹什么气呢？

他抬头看了我一眼，问我：你还记得我有个弟弟吧？

记得呀。我点点头。

他也去了内蒙古插队，当年，他是到内蒙古找的我，就留在一个村里了。考大学的那阵子，我让他好好复习功课，我可以帮助他复习，可最后他也没考上个大学。你说那两年高考的题出得多容易呀，你但凡好好准备准备，考不上北大清华，总能考上一个普通的大学吧？如果是大学毕业了，以后的成色就不一样了吧？

那确实是时代为我们这一代人命运转折驶出的末班车。我明白，他是在埋怨他弟弟。我也是这样，尽管弟弟从来不领情，当哥哥的，总是这样不仅瞎操着心，还不停地落着埋怨。

但是，我想错了。他对弟弟，并不是操心，而是闹心；不仅是埋怨，而是彼此矛盾重重。以后的日子，兄弟俩的命运轨迹发生的变化，他没有想到，我更没有料到。

他弟弟从内蒙古返城后，在一家建筑公司当建筑工人，娶了工地食堂做饭的厨娘做了媳妇，生的孩子，也是闺女，比他的孩子还早两年。这闺女比他爸学习强些，好歹考上了一所大学。

说到这儿，他抬起头看了我一眼，又补充说了句：是很普通的一所大学。我有些奇怪，这俩孩子考上的具体是哪所大学，他都没有说。

关键是，人家闺女大学毕业后，不知别人怎么东介绍西介绍的，认识了天津一所大学的一位教授，虽说人长得一般般，但毕竟是教授呀，快刀斩乱麻，人家很快就结婚了。

我忙说：这是好事呀！

是好事，但不是我们家的好事呀。我那个闺女一直耗着不找对象不结婚，就爱到处旅游玩，人家的闺女都生下小孩子了，她还在那儿单着呢。一直过了三十岁了，才找了个对象，是个物流公司的货运司机，还是个外地的！说着，他瞪大了眼睛望着我，似乎等着看我的反应。可以想象出来，当初知道女儿这么个让人想不到的奇缘，他的眼睛瞪得就是这样圆。

他叹了口气，又喘了口气，接着说：她外出到新疆玩，在半道的山路上，找不到车，截住拉了一车哈密瓜的大货车，就这么认识的。她说是浪漫，你说这靠谱吗？人长得倒是不错，靠长相能过一辈子吗？

我明白，他为什么没有告诉我两个孩子考取的具体是哪所大学了。看他不住抱怨的样子，两个孩子考取的大学，肯定不是一般的悬殊。自己的闺女找的这个对象，对他的打击肯定更大，他最初有多骄傲，以后就有多刺激。这时候的诉说中隐去了具体大学的名字，是没忘记还得保留他的自尊。

你心里不平衡了……我这样说，想劝劝他。

他一摆手，打断我的话，显然并不想听我的劝，而只顾自己的宣泄，继续抱怨道：你说我能平衡得了吗？我弟弟的闺女，上的大学不如我闺女，长得也不如我闺女漂亮，怎么人家就找了个大学教授，我闺女就找个货运司机，整天开着大货车在高速公路上跑？疫情期间，你说高速路上多乱啊，多让人揪心呀，也得开车跑呀！你说我这个倒霉闺女是不是吃了什么迷魂药了？我和她妈怎么说都不成，你就是指明了，告诉她你嘴里叼着的是屎橛子，她认准一门儿，就觉得叼着的是根香喷喷的油条！

我忍不住笑了。

他不高兴了，对我说：我这够窝囊的了，你还笑我？

不是笑你，是笑咱们自己的好多事情，到老了还闹不清呢，你还想闹清孩子的事？爱情，更是闹不清的一笔糊涂账！你以为都像小说里或者戏里唱的那样？

不像戏里唱的那样，起码像我弟弟闺女那样也好呀！

这你就是有点儿钻牛角尖儿了！

我本还想说，你不记得俗话说的了，货比货得扔，人比人得死！人生最忌讳的，就是和别人攀比，可人这一辈子就是情不自禁地愿意跟别人比，而且是不停地在比。小时候比谁学习成绩好,考中学考大学比谁考的学校好,工作了比谁收入高,搞对象了比谁的对象长得好工作又好,有孩子了又开始新的一轮比,甚至谁的孩子长得比自己的孩子高一厘米,都会暗暗地运气。和别人比,还算好,人之常情。最怕的是和自己的亲人比,那样的比只能让自己更加撮火。

这样一番话,我可不敢对他说,只能在自己的心里翻腾。

话又说回来了,有时候,人这一辈子就像是一条河,碰巧了,有一段河水清了,浅了,能看见河底的五彩石;或者碰巧了,风平水阔,两岸猿声啼不住,载着你轻舟已过万重山;碰不巧,河水就是浑浊的,翻滚着恶浪,弄不好,没准儿还打翻你的小船。人和人的命运不一样,不见得你是名牌大学毕业,有好的收入和工作,人长得又漂亮,就一定能赶得上河水清浅或潮平两岸阔,风正一帆悬那一段的好时候。而且,你认为的潮平两岸阔,风正一帆悬,人家孩子还不稀罕,甚至嗤之以鼻呢。两代人,经历的时代大不一样,不要说代沟了,就是想法都不会一样,你想吃甜的,人家偏要吃辣的了!

他半天没有说话,只是望着前面皇乾殿闪光的飞檐发呆。我不知道这一刻,他心里是否和我心里的所思所想相一致。我们这一代人,已经无可奈何到了秋深暮晚的时节了,尤其在这个动荡的世界和时代,一代人有一代人的命运,一代人有一代人的活法,我们已经操不了这份心了。

最后,他对我说:我弟弟闺女的小孩子今年都小学毕业了,我那个宝贝闺女的孩子今年9月才要上幼儿园。人家的孩子幼儿园就在大学校园里，小学就在大学附属小学，上中学就在大学附中，什么都不用自己操心。我那孩子，这不还磨着我求爷爷告奶奶帮她找幼儿园呢！

怎么办呢？谁家都是一样，好肉不疼赖肉疼呗。不过，这话我没敢对他说。

他对我说：跟你念叨念叨，心里痛快点儿！希望下回逛天坛，还能见到你！

我说：什么时候，咱老哥俩喝上一壶，好好聊聊！

他站起身来，对我说：你先在这儿待着吧，我得打道回府了。

我说：天还早，你着什么急呀！

我是趁着早晨天凉快到天坛这儿散散心，这不得赶紧回去，还得为我那个宝贝外孙子忙乎找幼儿园去呢！然后，他又苦笑地说了句，一辈子为儿孙当牛马呀！便和我告辞。

我也站了起来，想送送他，差一年就六十年没见的老同学了，难得一见，也是这些年在天坛里唯一见到的初中老同学。走过柏树林阴凉的小径，走过皇乾殿后银杏树大道，走过北天门，一路上，很想劝他也安慰他几句，又想不出说什么好，觉得说什么都轻飘飘的，打不起一点儿分量。我们两人就这样默默地走着，一起走出天坛北门。眼前，车水马龙，喧嚣一片。没有了树木的遮阴，阳光挥洒在头顶，一下子着了火一般，热辣辣起来。

55　槐花雨

在天坛，参天古木中，松柏之外，便数国槐了。最老的槐树，在神乐署，号称神乐槐，有五百余年的树龄。再有的老槐树在西天门内，神乐槐毕竟孤零零一棵，这里却是遍布在通往丹陛桥宽敞的大道两旁，威武高大的兵士一般，整齐列阵，竖立起密密的枝条如同冲天的号角，奏响参谒祈年殿的前奏。特别是到了夏天，槐花盛开的时候，由于树冠极其高，缀满枝头的槐花，飘浮如雪，与白云齐身。如果有风吹过，槐花纷纷而落，犹如从天而降，可以说，这里是夏天天坛最为壮观之处。

国槐的花期很长，几乎可以开满一整个夏季。我特别愿意这时候来天坛，大道两旁，有很多座椅，可以随便找一个坐下，或看槐花飘飘，或看游人如织。这时候的槐花，似乎娇柔无比，禁不住一点儿风的挑逗，怕痒痒似的，立刻纷纷如雨而落。大道的青石板上，总会落有一层槐花，扫也扫不净，风也刮不走。这时候看地上的槐花，并不完全是白色，而是带有淡淡的绿头儿，与盛开在枝头的颜色和样子不完全一样。鲁迅说雪是雨的

神乐署明朝古万年古槐 Ruxing 2010.12.13.

天坛西天门前槐花盛开 FUXING 2023.5.8主缓

精魂，便想地上的槐花莫不是树上的槐花的精魂，整个夏天恋恋不舍地唱着一阕还魂曲？

那天接近中午，我到这里来，风稍微大些，高大的树上的槐花飘飘洒洒而落，真的是一阵美妙温馨的槐花雨。心想，什么树上的花落可以有这样漫天飘雨的感觉？桃花杏花西府海棠，也有这样满树缤纷花落的时候；桂花也有，花落时候还带香气扑鼻；但它们都没有这里的槐树这样高大，而且枝叶密密交织一起，这种从天而落的感觉，恐怕只有槐树了。

我坐在靠近西天门北边的长椅上。每次来，我都爱坐在这里，能看见西天门的红门，对面是斋宫，隐隐约约，也能看见它的宫门和门前的汉白玉石桥。可以画它们，让它们隐在槐树之间，蒙蒙一片的绿色中若隐若现的红，有种万绿丛中一点红的感觉，百画不厌。

走过来一男一女，站在身后看我画画。我能感到他们的呼吸和身上蒸腾的汗味。

女的不知对我说还是对男的说，画得挺好的！男的说，回家也给你买个画本买支铅笔画！

我回头投桃报李冲他们笑笑，看见是一对年轻的情侣，男的搂着女的肩膀。女的嗔怪说画什么画呀，上中学就扔下不画了！男的说再捡起来呗！女的说捡什么捡呀？你以为地上捡钱包呢？男的说现在谁还使钱包呀？都使手机微信支付了，你想捡也捡不着啦！说得我跟着他们一起忍不住地笑。

他们走了。我的画，让女的找回点儿童年的回忆，让男的捡点儿乐儿,两人有点儿打情骂俏的作料。

没过一会儿,一个老头儿——说是老头儿,也许还没有我年龄大呢,走了过来,看了会儿我画画,不知是自言自语,还是在对我说:这疫情闹得,很少见有人到天坛来画画了!

我赶紧搭话儿:没错!

他接着说:以前,有一个人,跟你一样,也拿着一个本,比你这本大,也不是本,是个画夹子,走哪儿画哪儿。他不像你是坐着画,他是站在那儿画,特别爱画人!……

这人我也见过。他画得好!

你画得也不错!

不行,我没人家画得好!人家正经学过,我这是"二把刀"。

我们两人聊了起来。

四年多前,我坐在长廊里画北神厨外墙和墙前的那棵老梨树,画完了,抬头一看,前面围着好多人,正伸着脑袋看一个人画画。那个人就是我们聊起的人,正站在那儿抱着个画夹画我呢。正所谓我在桥上看风景,没想到楼上窗前有人正看我。也是天坛画画一乐!

我将这件事告诉了老头儿,老头儿呵呵一乐,说道:会画画多好啊!

我说:就是打发点儿时间!

他轻轻叹口气,说道:人老了,谁还不都是打发时间?你来天坛,我也来天坛,都是打发时间。我来天坛,就是遛个弯儿；你来天坛，却能画张画，就比我有收获。

看您说的！画张画，有什么用，能像齐白石卖个钱吗？我画张画和您遛个弯儿，意思一样，待会儿都还得回家自己找饭辙去！

把他说乐了：你这么说，对，也不对！我遛个弯儿，回家什么也没带回去；你回家带回张画，多大的乐儿！能一样吗？

我说他：您这么说，对，也不对！其实，乐儿是一样的，看得见的是乐儿，看不见的就不是乐儿了？您说咱们这一辈子，能让咱们乐和一点儿的，多是看不见的，心情好，看得见吗？还不是最大的乐儿？

说得他连连点头，对我说道：你说人这一辈子，我跟你说呀，原来老话说人生苦短，年轻时候是这么认为，我现在琢磨着，是人生苦长。你说是不是这个理儿？六十退休，咱要活到八十，得熬二十年吧？这二十年的日子好熬吗？一天仨饱俩倒，现在多了一个核酸，度日如年呢！度日如年——你说老祖宗发明的这个词儿，怎么那么对呢！你就看眼面前这疫情吧，都快熬三年了，还没个头儿，你说是不是人生苦长？

没容我答话，他一摆手，说道：行啦！我也别跟你瞎白话了，耽误你画画，你赶紧画吧！

说完，他向我摆摆手，转身走了。

有个小男孩站在我身后，一直看我画画，我都没有注意到。待他的妈妈从大道上走过来，招呼他回家，我才发现他看得那么专注，一看就知道是个爱画画的孩子。在天坛看我画画的孩子居多，他们看得最认真，我特别爱和他们交流，他们说起画来，是我的知音。

我问这个小男孩：你几岁了？

快六岁了！

该上学了？

他点点头。他妈妈说9月1日开学就上一年级了。

我又问他：爱画画吗？

他没说话，妈妈先开口了：爱画！整天就知道画，画了好几本了！

那多好啊！你一定画得不错！你给我画一个！我把画本递给他。

他不说话，直摇头。

没事，你随便画，画什么都行！

他还是不接画本。

我问他：你都喜欢画什么？

他脱口而出：我喜欢画刀！

刀？吓了我一跳。

他妈妈在一旁说：他还爱画车，什么车都画！

我把画本又递给他：你就画一个你妈妈说的车！你肯定画得不错！

他扭头看了一眼妈妈，从妈妈的眼光里得到了默许，他接过了画本，我把笔又递给了他。

他蹲下来，伏在椅子上画。我看见，他先画了一个大方块，在大方块旁边又画了一个小的长方块,就把本递给我。

画完了,这么快?你画的这是什么?

刀!

哦,是刀,像菜刀!

我说完,他没笑,妈妈笑了。

我把画本掀开新的一页,对他说:再画一张!

他画了一个坦克,很快就画完了,一挥而就。这张复杂了一些,是一个大的长方块上面驮着一个小点儿的长方块,大长方块里面画了一个挨一个的小圈圈,是坦克的履带;小长方块前面画了一个长条,是坦克的炮筒,还喷着火。

我说:画得真快!再画一张!

两张画画下来,小男孩来了情绪,他拿着笔想了一会儿,大概是想再画什么拿手的。妈妈对他说:画车呀!你不是老画车吗?

他又蹲下来,开始画车。他画的车很写意,也很狂放,像猛兽。我没有看出来是什么车,问他:你画的这是什么车呀?这么凶猛?

救火车!他说,然后他指着车顶和车尾,告诉我这是闪着的灯。

他妈妈说:就爱画这样吓人的画!

我夸奖了他,想让他再画一张。

他摇摇头说:我得回家了。要不我爸爸回来该进不去门了。

我说:你爸爸回家,不会自己开房门呀?你着什么急呀?

不行！我们拿着家里的钥匙呢。说着，他拽着妈妈的手，走了，身影很快消失在槐荫夹道的槐花雨中。

怎么没有想起让他画画眼前这槐花雨呢？

小男孩都喜欢打仗的场面。他实在是年龄太小，没有经历过真正的战争，他看到的战争，只在天真的想象中，电子游戏里，电影屏幕上。

那天中午离开天坛回家，走在槐花满地的大道上，槐花雨还在飘飞。想起川端康成写过的一段话，大概意思是：往日对自然景象常会视而不见，战后重回东京，忽然想见从树梢上逝去的岁月，觉得很和谐。以前读时，很奇怪，川端为什么偏偏从树梢上想见并感叹岁月的逝去呢？是想，还是真的看见？对于岁月，树梢上有这样大或这样特殊的魔力吗？无论是想还是见，在树梢上面，都能够有岁月流逝的痕迹和感觉吗？

不知为什么，那天中午，漫天的槐花雨中，抬头再看到这一棵紧挨着一棵的高大古槐的时候，忽然领悟了一些川端话的意思。他说的是镰仓若宫大路上那一排排高大的松树。我看到的是天坛这两排高大的古槐。

56　秋天奏鸣曲

天坛这个我常来的白色藤萝架，真的就是我的客厅。在这里，无论春夏秋冬，无论相识不相识，总能碰见聊得来的人，即使萍水相逢，却也相见甚欢。

这天天近中午的时候，我遇见一位身穿黑色连衣裙的女人。我坐在藤萝架的一侧画画，看见她站在中间扭动着腰身，正拿着手机自拍。她的身后前有茂盛的藤萝，后有几棵高大的雪松，阳光被密密实实地遮挡，那一片藤叶绿得格外浓郁，如深沉的湖水，微风中抖动着，泛起轻轻的涟漪。间或有阳光从叶子的缝隙中挤进来，洒在她的身上和地上，斑斑点点的，像跳跃着银色的小精灵，辉映得女人的身材苗条玲珑。她头上戴着渔夫帽，脖颈上戴着珍珠项链，显得很有些朝气。

我正想画她和她身后的藤萝，她向我走了过来，和我打着招呼，仿佛很熟悉的老朋友或老街坊。这便是北京人的秉性，大多是自来熟，不设防，两句话都能把距离缩短。

我忙站起来，指着她手中的手机对她说：我看您自拍来着，我帮您照张相吧!

她把手机递给我,说:好啊!自拍,照得人特别大,景照不全。

我帮她拍了两张,手机屏幕上的人,比刚才在远处看,显得岁数大了很多。距离,常能迷幻人的心和眼睛。

您看看,照得行不行?我把手机还给她。

她看了看,连说:照得挺好的。还带美颜了呢!说着,她冲我嫣然一笑,又说道:昨天我在家里臭美了一天,我家老头儿说我,整天就知道臭美!你说,这么大岁数了,不美美,还等着什么时候美?

我应声说:您说得对,年轻时没法美,现在再不美美,待到何时!本想问问她多大岁数,想贸然问女人的年龄不太礼貌,忍住了,没问。

她一边说一边在手机里找到昨天的照片给我看,化着浓妆,脸让脂粉涂得过于白嫩。不过,她的眉眼很周正,尤其有一双大眼睛,年轻时候一定是个美人。

她笑着说:你看是不是脸太白了,回去还得再调调。

我说:是!调调您就更美了!

她笑得更厉害了,说道:这不今天我又到天坛来美了?出门前,我家老头儿说我昨天美了一天还没美够?说着,她笑得前仰后合。

我问她:怎么您家老头儿没和您一起来呀?

他在家做饭呢!

哦！敢情您自己一个人跑天坛来美够了，回家吃现成的，您可是真够美的了！

她得意地笑着，浑身更是花枝乱颤。

忽然，她对我说：跟你说啊，外面推销保健品的，千万别买！人老了，最好的保健，是食疗，你信不信？

我忙点头。

你看现在快中秋了，每年这时候，准确地说，是9月20日，我一准到怀柔四道河去买栗子，那儿到处是卖栗子的，很便宜，去年是每斤五块钱。我一买买二十斤。

买这么多，栗子不好保存。您怎么保存？

买回来，我把栗子一个个剥好了皮，放进冰箱里，每天吃上五六个，能够吃一冬。这东西有营养，补肾气！

我又问：您买这么多？怎么弄回来？

孩子开车去呀。孩子不去，我和我家老头儿到东直门坐长途汽车去，然后一人背一包背回来！

您和您家老头儿还真够厉害的！一人背十斤栗子，身子骨够棒了！

入冬前，我还到新发地买山药呢，一买也是买好几十斤，就放在厨房的地上，放一冬，放不坏。每天用山药再搁上麦冬和枣，熬水喝！麦冬我都一颗颗剪碎了，让它好入味，熬好了连麦冬一起嚼着吃了。身子骨，还不都是这样练出来的！说着，她一指我，说：我看您身体也不错！

我忙摆手说：我不行，赶不上您，今年我也得去怀柔四道河多买点儿栗子吃吃，保养保养！

说得我们两人都笑了。

这样年纪的女人，日子过得这样松心，悠然自得，不容易。我望望她，又忍不住猜测着她的年龄，便转个话头儿问她：咱俩谁岁数大？

她快言快语：我1952年出生的，属大龙的。

今年整七十！

可不是！都七十了，小时候赶上了三年的自然灾荒，上中学的时候，又赶上三年"文化大革命"，现在的疫情，这不又快三年了，够闹心的，还不得自己抓紧点儿，调理调理，过几天舒心的日子？

我顺着刚才的年龄接着问她：您69届的？

是。

那您插过队了？心想69届的连锅端，几乎都去农村插队当了知青。

没有！我几个堂姐都去山西陕西插队了。我妈不让我去，对我说别看她们现在兴高采烈，敲锣打鼓地去了，到了那儿就知道怎么回事，后悔就来不及了。咱不走，咬咬牙，熬几年，我就不信这么大的北京容不下你一个人。熬了不到两年，给我分配了个工作。

在哪儿上班？

烤鸭店，前门！

是老全聚德，好地方呀，您烤鸭没少吃！

说得她忍不住地笑。

还是你妈厉害！我冲她竖起了大拇指。

我妈没文化，就认准了一门儿，不让我走。我那几个堂姐后来都从农村回来了，都结婚有了小孩，都没房子住，发愁的事一件接一件等着呢。

您倒是没愁房子的事？

我家有一个自己的小四合院，父母去世前，把小院分给了我们几个孩子，给弟弟多一点儿。现在，房子还没拆迁，都租出去了。房子倒是没发过愁，愁的是孩子！

没有想到，说起房子，拔出萝卜带出泥，扯出了新的话题。她是个快嘴快心的人，肚子里藏不住事，立马对我说起她的儿子。儿子四十多了，有了两个孩子，一男一女，老大上高中了，老二上小学。两个孩子从小都是儿子儿媳妇小两口自己带大的，她没受过一天的累。

多好啊！您享清福呢，坐等孙子孙女长大，有什么愁的！我对她说。

她一摆手，撇撇嘴，说：找的这个媳妇，身高一米七，个子不矮，一点儿不秀气！

原来不满意儿媳妇。她人长得不错，儿子肯定也错不了。希望找个漂亮点儿的儿媳妇，当婆婆的心理可以理解。但是，这还不是最主要的问题。

她接着对我说：有了孩子之后，儿子不让我们带，对他媳妇说，孩子必须跟在父母的身边。儿媳妇本来有个挺好的工作，儿子让她把工作辞了,在家里带孩子。

儿媳妇当了全职太太了?您儿子做什么工作的?负担得了这么大的开销吗?

做金融的。她只是轻描淡写地一说。肯定收入不菲,我的担心不存在。我对她说:这不挺好的吗?

如果不仔细,不会察觉她轻微地叹了口气,很快小风一样吹过去了。

我那儿子说孩子一定要跟着父母长大,这话里面的意思,你可能不知道,可我知道呀,这句话,和他的童年经历有关。

怎么啦?他童年经历了什么?

每个人都是一本厚厚的书,不打开,封面都是堂皇的;打开来,都有属于自己的跌宕起伏。

他从小跟着他姑姑长大的,一直到上了初中,才回来跟着我们,和我们一点儿不亲。我跟他解释过好几次,那时候,我和你爸爸工作都忙,而且都不是上朝九晚五的正常班,服务行业,上班的点儿拉得长,上幼儿园上小学,我们都没法子接送你,只好把你送到你姑姑那儿……他听完,不说话。其实,他人挺能说的!

这我信,她就够能说的,儿子一定随她,不仅长相,性格也随。不说话,其实就是一种心情,一种态度。做母亲的,她心里当然明镜似的清楚。

人这一辈子,必要的酸甜苦辣全都要尝过,才算是经历了整个一生。不可能全都是蜜一样的甜,也不可能全都是黄连一样的苦，即便是再平缓的水流，也不可能总是风平浪静，总会有些风浪，即使打不翻我们的一叶扁舟，也得吹皱一湖涟漪。这便是人生的能量守恒定律吧。

这个女人的一生就算够美满的了，但是，毕竟母子连心呀，儿子童年那一番经历所刻印下的性格深痕，以及她自己内心那一份无法弥补的隐痛，都会像小虫子，时不时地爬出来，咬噬着母子彼此的心。心里和儿子系上的疙瘩，她并没有奢望它变成漂亮的蝴蝶结，只想不是死结就行，能松一松就行。可疙瘩就是疙瘩，随着岁月像铁会生锈，越来越难以解开。有什么办法呢？做母亲的，只能慢慢在岁月中自我消化和和解。女人表面上的臭美，便是这样自我消化的一种方式，一种自己和自己和解的金鼎药方吧。人这一辈子，最大的对手，不是别人，只是自己，是自己的心。谁的心都不会是一面平展柔滑的丝绸，即便不是一块千疮百孔的搓脚石，也是一件穿的时间久了的衣服，不会不起一点儿皱褶儿。

女人把心里这一番话说出来，似乎痛快了许多。萍水相逢的人，最适宜说出这些对朋友对亲人难以说出口的内心隐痛。虽然明白说出来无济于事，旁人给予不了任何帮助，同情和劝慰打不起一点儿分量；但是，说出来，也是自我消化和解脱，或者是多少转移自己情绪的一种途径吧。有时候，人需要倾诉，不能像黄酱一样，总把心事和情绪憋在自己的肚子里烂掉。

她摘下渔夫帽，一把薅下来头上的头发，露出一头雪白。这动作着实有些突然，吓了我一跳，原来她戴着一个假头套。

她笑着对我说：五十块钱买的。出来照相，戴上它臭臭美！

　　说着，她打开手里的一把遮阳伞，对我说了句：回家吃饭去喽！便风摆柳枝袅袅婷婷走出藤萝架。出伏之后，即便中午，天也凉快很多，毕竟是秋风瑟瑟了。走在前面的甬道上，她的背影渐渐远去，天蓝色的伞面，很是明艳，和秋日中午湛蓝的天空融为一色。

57　三角梅

今年国庆节前,从西天门通往祈年殿的大道和丹陛桥两旁,摆了好多盆三角梅,成为天坛最为鲜艳夺目的景致,比祈年门两侧每年一度的菊花展还要壮观。

前几年国庆前后,天坛也置放这样壮观的三角梅,几乎成为天坛国庆的标配。这些三角梅,被工作人员培植得枝干粗壮,简直像一株株童话的树木。玫瑰色的花瓣不大,却开得特别张扬,密密地布满枝头叶间,色彩艳丽得像她们奔放不羁的心情,微风拂过,犹如万头攒动的紫蝴蝶飘然垂落。如果站在丹陛桥下的台阶上,往西望去,花团锦簇,像腾起玫瑰色烟雾,再远处的砖红色西天门,都显得色彩有些暗淡。

国庆节前,为看三角梅,我去了一趟天坛;国庆节后,我又去了一趟天坛,还是为看三角梅。这几天降温,还下了雨,刮了大风,担心三角梅会落败很多,没想到,开得依旧旺盛。和我一样来看三角梅的人,依然很多,不少人在花前拍照。

从丹陛桥下,往西走,大道两旁的长椅上都坐满了人。一

天坛三角梅 Fuxing 2022.10.

直快走到西天门,才看见一个长椅上,独坐一位老爷子在闭目养神,只好问可不可以在他旁边坐下。他客气地一伸手,说了声请!我便坐下,掏出笔本,画面前的三角梅和花前照相的一对老姐妹。

他瞥了我一眼,没有说话。待我画到一半,三角梅刚在纸上开放出来的时候,他对我说了句:画三角梅呢!

我忙点头称是,说道:画着玩!

他没有接我的话茬儿,也没有再看我的画,接着闭目养神,似乎在想着心事。停顿半天,忽然冒了句:三角梅!好像不是对我讲话,像自言自语。这让我有些好奇,合上画本,望了望了他。

他看见我在望他,微微一笑,摇了摇头。

我小心地问:您怎么啦?

没事!他又摇摇头,用手指指我的画本,又指指前面的三角梅的大花盆,重复说了句:三角梅!

三角梅,怎么啦?

我猜想,三角梅肯定让老爷子想起了什么,好奇心让我追问道。

老爷子看出了我的心思,对我讲起了有关三角梅的一个故事。

疫情暴发前两年,老爷子的儿子在一个高档社区买了一处二手房。之所以动心并果断买房,是因为比同样的房子便宜了二十多万。一楼三居室,房后带一个小花园,花园开有一门,可以经过花园直通房内。儿子很满意，当场决定下手。房东是位老太太，对儿子说：我只有一个要求。儿子说：什么要求，您说！

老太太拉着他走出花园门，紧靠门的篱笆前放着一辆酒红色的老年代步车，车的四周被密密的三角梅包围，三角梅不高，长在不大的花盆里，正开着鲜艳的花。老太太指着车和三角梅，对儿子说：这车和这花，我请你能一直保留，到时候替我浇浇水，保养保养，如果冬天下雪，搬进屋里去。

儿子有些奇怪，看这一圈三角梅开得不错，但这辆老年代步车已经锈迹斑斑了，为什么不卖掉或处理它，还非要保留？

老太太说：这辆车是我家老头儿搬到这里来的时候买的。他一直想买辆车开，我对他说都那么大岁数了，买车干吗？他说有辆车出门买东西方便，还可以带上我到公园去转转。可我们原来的家住的地方窄，放不下一辆车。我们买的这房子也是二手房，地方宽敞了，停车没问题了，他就又提起买车的事。在我们家，大小事，一直都是我拿主意、拿定主意，他也就不再说什么了。只有买这个电动车，他一再坚持，我心想，都过一辈子了，就让他也拿一回主意。二话没说，立马就买了车。谁想买了车的第二年夏天，心脏病突发，人就走了。

原来是这样。儿子望望老太太，正和老太太的目光相撞。儿子忙把目光错开了。

老太太接着说：当时，有好多人劝我说趁着车还挺新的，卖了吧。跟你说吧，我对这车呀，真是又恨又爱，我都后悔让他买这辆车。可我不想卖，怎么说，老头儿活着的时候，是老头儿的一个抓挠；老头儿不在了，是我的一个念想。我就买了好多盆三角梅，把车围了起来。谁想到，第二年，花没有死，还能开，挺皮实。我家老头儿走了都快三年了，你看，这花开得还挺好的！

儿子明白了老太太的心思，连连点头说：您老人家放心，我一定好好伺候这车和这花。您什么时候想回来看看这车和这花，我保证它们还像现在一样好好的！

老爷子讲完了。我们都沉默了，沉默了许久。我的心里很感动，为那位老太太，也为他的儿子。面前那盆硕大的三角梅前，人来人往，来拍照的很多。秋风中，三角梅薄如蝉翼的玫瑰色花瓣轻轻抖动着，梦一样，飘飘欲飞。

58　七星石

七星石前面有一片小广场，后面是柏树林间的一条甬道，直通公厕。七星石前后，常会聚集着好多人，大多是老太太，老头儿也有，不多。他们大多是给自己孩子相亲的。这里便是天坛有名的相亲角，一年四季，人头攒动，很是热闹，即便是寒冷的冬天，疫情期间，也不曾间断。在北京，它和中山公园里的相亲角并称双雄。

上天陨落的陨石有很多，恰巧落下如此七块，实在属于命数难测，被冠名好听的七星石，便带有地上人们虔诚而美好的祝福之意。天坛地方很大，相亲角选在这里，巧合，也含有人们心底的祈愿吧。只是，命定的姻缘，如陨石从天而落一样，人为难以敲定，只能在这里碰碰运气，不知会碰上哪块云彩有雨。

那天上午，我坐在七星石前的椅子上画前面相亲的人。这天天气不错，来这里的人比往日多。七星石前后，乌央乌央的全是拿着各种纸片的人，其中有一个男人，胸前和背后各挂着一个大纸牌，像古代武士身上披戴的盔甲，上面也是写着自己孩子的条件和择偶的条件，用毛笔写着密密麻麻的字，无外乎都是年龄、身高、毕业的大学、工作的单位、房车有无、北京人还是外地人……这样的内容，几乎千篇一律格式化，落在每个人手里的那张纸片上，约定俗成的群众力量真是大。我走上前看看，是给儿子相亲，除是1982年出生，年龄大了点儿，其他的条件都不错，不知道他儿子要看到父亲是这样为他找对象，会做何等感想？真是可怜天下父母心。

一个老太太拉着一个带轱辘的小车（那种老人到菜市场买菜时常拉的帆布做成的简易小车），从七星石后面的柏树林走出来，走到我的身边，大概是有些累了，看我身边的空位没有人，便坐了下来，屁股还没有坐稳，立刻问我：您的是男孩还是女孩？

这里相亲的人，一般见人首先都会这样问，如果你回答是男孩，问者会很兴奋；如果是女孩，立刻扫兴，甚至会叹口气，扭身走去。因为这里的老人大多是为自己的女儿相亲的，而且，大多年龄比较大，属于"圣斗士"一样的剩女。据说，如今全国这样的剩女已经多达一亿了，而且说剩女是剩男人数的四倍，不知道这数字是否准确，却很是惊人。这几乎是所有相亲角的特点，并非独属天坛。

我告诉老太太，我不是来相亲的，然后问她：您给您女儿相亲？她一指身边小推车的车把，对我说：是。我看见车把上挂着一个挺大的纸牌子，上面写着女孩的条件：1989年出生，身高1米72，大学本科，北京户口，银行客户高级经理，有车有房……

我望望老太太,身高也就1米60不到,禁不住奇怪地说了句:您孩子长这么高!

老太太有些骄傲地回答:是,个子高,条件也高,到现在也找不到合适的对象。我常到这里来,给她寻摸,都给别人介绍成了十几对了,就是她不行!个头合适吧,工作不行;工作不错吧,不是北京户口;是北京户口,工作和个头合适吧,离过婚的又不行……

正说着话,走过来一个女人,四十来岁。老太太忙抬头问:你的是男孩还是女孩?

女人答道:我是来给我的同事看看。是女孩!

老太太接着问:多大了?要什么条件的?

这让我有些好奇,自己的闺女还没着落呢,老太太还关心起别人来了?这不是有点儿狗揽八泡屎吗?

老太太见多识广,似乎看出了我的心思,转过头对我说,也像是对那个女人说:我这不总到这儿来嘛,认识的人多,给我孩子介绍不成的,能帮别人成了也好啊!好多人还托我给他们的孩子介绍对象呢。我这里各种条件的人多。说着,她不知从哪儿变出了一个塑料公文夹子,递给那个女人:你瞅瞅,看看里面有没有合适的?

女人接过夹子,我歪过头也看了看,夹子里夹着一页页的纸。每一页上都有一个男孩子各种条件的介绍。

女人看了两眼,说道:我的这个同事各种条件都特别好,不缺钱，不缺房，什么她都有，不是北京户口的也没关系，就想找一个说得来的，能对她好的。

老太太望了她一眼说：是吗？说着，又递给她一个夹子，你再看看这本，这里都是海归。

我对老太太更有些好奇了。她怎么什么样的人选都有？成红娘了！这么多的人，怎么就是给自己的女儿没选成？

这时候，又有几个人围了过来，看老太太这么牛气，纷纷问老太太还有什么合适的，显然对老太太很有些佩服，希望碰碰运气，或者抱着死马当作活马医的态度，看看能不能在她这儿为自己的孩子找到合适的对象，兴许能一网捞出《渔夫和金鱼的故事》里的一条金鱼来呢。

老太太立马又拿出另两本夹子递给他们。这回我看见了，是从小车里拿出来的。

这实在让我叹为观止，她简直像是个变戏法的，她的那个小推车成了百宝箱了。不知里面还藏有多少本夹子！

我起身走了。几个人围着老太太问这问那，老太太耐心地解答着，热闹得像开了锅。

走过七星石，走到甬道上，一个老太太走到我的身边，我以为又是来问我您的是男孩还是女孩。不是，她指着那个老太太，好心对我说：那人就是个婚托儿！

我对老太太说：我看出来了！然后问，您说她夹子里的那些材料，都是哪儿弄来的？

老太太指着相亲角这些人，告诉我：都是从这里抄来的。

你要是真跟她要材料,她就让你给她的微信里打钱。

我问:她要多少钱?

不一样,有的一次一百块钱,有的几十。上当的人不少呢。我常到这里来遛弯儿,亲眼看见警察带走过她。

是我少见多怪,没有想到相亲角里居然还有这样的事情,难怪前面的树荫下停着辆公园的巡逻车,一个保安在车前来回溜达着。

我又问:您说怎么就会有人上当呢?

咳!老太太叹口气说,还不都是为孩子找对象发愁嘛!可你说现如今的孩子,好多他们不想找对象,不想结婚,你当老家儿的,再急有什么办法!

我说了句:皇上不急太监急呗!

老太太摇摇头,笑了笑。

一个男人,看样子,岁数比我和老太太都小好多,一直站在旁边不几步的树下,听见了我们说话,凑了过来,撇了撇嘴,对我和老太太说道:你们在网上看到了吗?在上海一个公园里,也是这么一个相亲角,一位大学的老师看不惯如今这样的相亲,认为这不是爱情,就跑到这里来,自己搬来个小板凳,每天站在上面,朗诵世界各国诗人写的爱情诗!

我没有看过他说的这个新闻,有些惊讶,随口说了句:跟堂·吉诃德一样?有人听吗?

那男的撇撇嘴说:那谁知道呀!

老太太也撇撇嘴说:听了,也听不懂!

59　单反和手机

如今,背着大炮一样各式镜头专业的单反相机的人,在天坛里能够见到很多。而且,不仅是年轻人的专利,不少老人也玩起了单反,不是尼康就是佳能,尼康D850全画幅,都不在话下。尽管赶不上颐和园冬至那天那么多老人抱着单反,拍十七孔桥夕阳金光穿洞,不顾寒风凛冽,拥挤一起,争先恐后的那么热闹,但在天坛里也常能看到抱着、背着、端着单反拍这拍那的老人。尤其是开春花开时节,国庆节三角梅亮相,秋天菊花展和银杏黄了的时候,或是冬天的雪景里,老头儿的长镜头单反,和老太太的花围巾,成为标准配置,是天坛公园里的一景。斋宫院内、皇乾殿大门前、花甲门北侧的红墙前、祈年殿绿瓦灰墙四周轩豁的广场上,则是他们一年四季选景的打卡地。

十月金秋,天坛很热闹,国庆前后三角梅花开似火的劲头还没有过去,祈年门前东西两侧的菊花展,赶在霜降前又开始粉墨登场了。今年是天坛举办的第四十一届菊花展,铺铺展展有六千多盆各种菊花,其中有难得一见的绿菊,还有一株长着

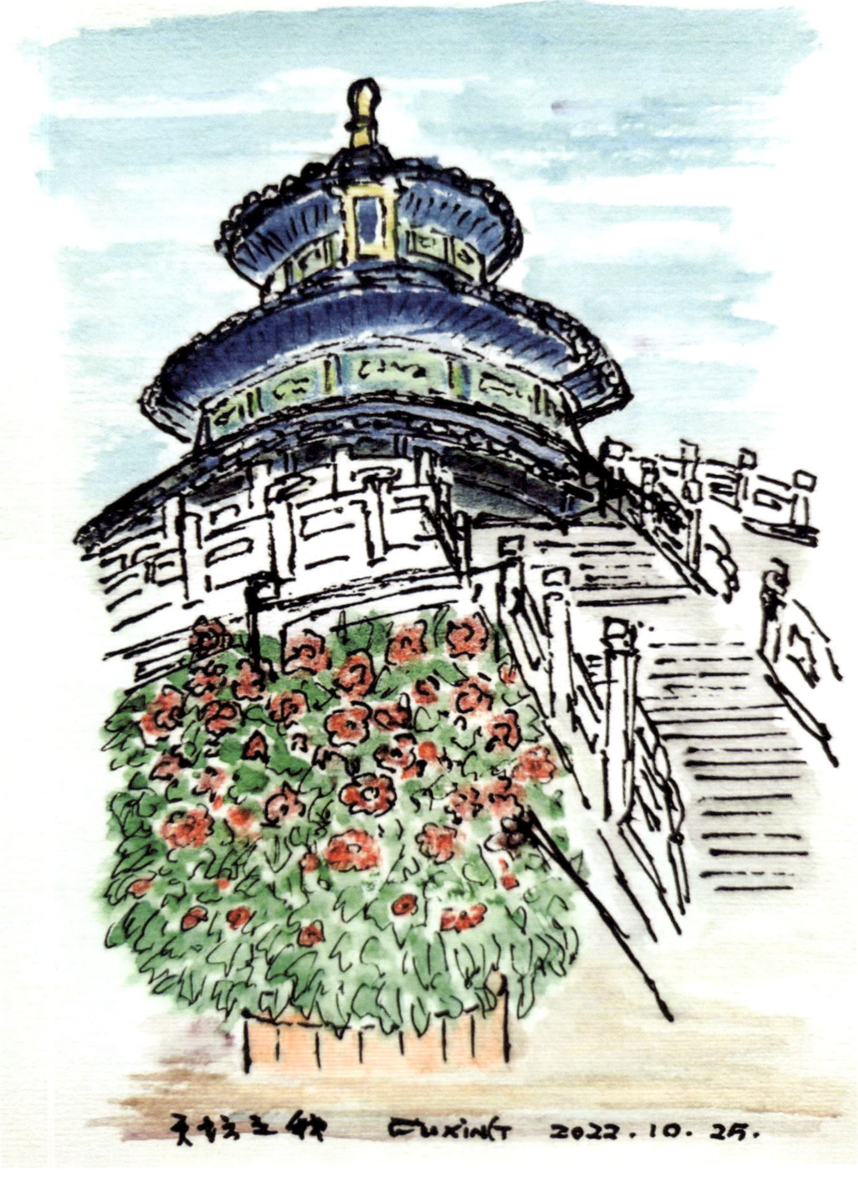
GUXING 2022.10.25.

千朵金菊花的大立菊，鹤立鸡群，分外招摇醒目。尽管受疫情的限制，外地旅游的人少了，去看菊花的北京人却很多，背着单反，拿着摄影架等家伙什齐全的人也不少。

在紧靠丹陛桥西侧林荫道的座椅上，一位老爷子背着单反从眼前走过，看样子是要去祈年殿菊花展拍菊花，一位坐在我身旁的老爷子，指着人家的背影，不以为然地对我说：都是孩子不玩了，淘汰下来的。

这话说得有点儿酸葡萄味儿，那位老爷子相机的长镜头，很是有点儿威武呢。我便说：现在有的老爷子不缺钱，自己买得起，也玩得转这玩意儿！

老爷子鼻子"哼"了一声，瞥了我一眼，有点儿道不同不相为谋的意思，没再说话。

过了一会儿，他从兜里掏出手机，打开给我看。是一张照片，拍的是一棵银杏树前，一个身穿米黄色大衣的女人，手里拿着个相机，撅着屁股，几乎快趴在地上，不知是给银杏树照相呢，还是给银杏树前的人照相。那女人拍照的姿势很特别，挺难拿的。满地都是金黄色的银杏落叶，色彩倒是很打眼。这人挺有意思，不照银杏也不照银杏树前摆姿势的人，专门照这样姿势各色的拍照的人。

我问他：哪儿照的？

他对我说：就在丁香树丛旁边，刚照的，怎么样？

西天门前的银杏树都还没黄，那里的都黄了，还落了这么多叶子……

他打断了我的话，用手划拉开手机里的相册，接着让我看：你再看看这些！

好家伙，照片真是不老少，照的都是街头小景，一张紧接着一张，糖葫芦串似的，琳琅满目，让我目不暇接。我仔细一张张看：

新世界商厦门口新开张小店前排长队的人群；

花市街口等红灯骑摩托车的外卖小哥；

磁器口豆汁儿店门外摆地摊卖鞋垫的老太太；

尹三豆汁儿店门口提着一塑料桶豆汁儿正迈步出门的老爷子；

王老头儿炒货店里争先恐后买栗子的好多伸开的手臂；

光明小学校门前的路上接孩子放学回家挤成一团的小汽车；

广渠门桥头摆在地上的一堆红的绿的黄的紫的色彩鲜艳的蔬菜水果；

红桥商场后面上货的货车旁蹲地上正在抽烟的司机；

夜灯下雪花飘落中不知等候何人正在焦急打手机的男子；

细雨飘飞中斑马线上打着一把红伞颤悠悠过马路的老太太；

公交车上一只手抓着吊环一只手搂着的情侣；

地铁站甬道里抱着吉他卖唱的小伙子；

天坛公园北门口背着一塑料袋小山一样高的空饮料瓶的老头儿；

一个手高举着气球正在奔跑的小男孩；

两个手持着祈年殿造型雪糕的年轻姑娘；

几个围在一起吹起漫天彩色泡泡的小孩子；

一个已经瘫成一摊泥只剩下一双石头块做成的黑眼睛的雪人；

一个遗落在地上颜色还很鲜亮的天蓝色口罩；

两个挂在干树枝上被风吹得鼓鼓的空塑料袋；

一长队隔着两米距离等着做核酸的人们；

一群人围观一个正画祈年殿油画的姑娘；

……

老爷子一直望着我，虽然没说话，却在眼巴巴地求点赞呢。我连声说道：真不错！真不错！都是您用这手机照的？

老爷子说：当然，怎么样，比那些玩单反的照得一点儿也不差吧？

我夸他：比他们强！您这照得多接地气呀，市井人生百态，比照颐和园的金光穿洞，照北海公园里的鸳鸯戏水，或者圆明园那湖里鱼吃荷花，要强多了！

老爷子谦虚地说：也不能这么说，人家照相讲究的是技术，咱们讲究的是生活，两路活儿！

说完，老爷子意犹未尽，从我手里接过他的手机，接着又说：玩技术的，得用单反；照生活的，用手机就够了！

我笑着说：手机让您玩得够溜！看您照了多少啊！

这只是一点点儿，好多片子都存在家里的电脑里了。我没事爱到街上瞎转，随手照，人家叫作"扫街"，不讲究什么光圈呀景深什么的，也不修图，就是原生态！

这样最好！原生态比描眉打鬓好！您的这些照片连在一起，就是北京今天街头的"清明上河图"呢！

这就是您过奖了！您大概也看出来了，我照的这些片子，都在附近这一带的一亩三分地，没多远。我家就住花市，从小就住在那儿，哪儿哪儿的，都熟，远处我也不去。这一带，就够我照的，每天出门，贼不走空，都有的照，照不完的地照！

您这是一口井深挖，不仅让它出水，还得出油！

看您说的，还出尿呢！

我们俩跟说对口相声一样，忍不住都哈哈大笑起来。

60　天心石

今年的秋天来得早,刚进9月没几天,就到了白露,白露后的第三天,就是中秋节了。天凉快了许多,扫去今年酷夏格外闷热的暑气。来天坛游玩的人也多了起来。

我拿着一本《静静的顿河》,坐在祈年殿西外墙的长椅上读。这里很安静,游人不多,树荫浓密,早晨的阳光透过树荫筛下缕缕的绿色光线,柔和似水,适合读书。是《静静的顿河》的第四本,最后一本,我已经快读完了。这是1980年人民文学出版社出版的金人译本。虽然译文长句子居多,但读起来很亲切,自以为更具俄罗斯原味。记得买这套书时,我正在中央戏剧学院读书,书是一本一本卖的,每本才不到两元钱。厚厚的一本,四五百页,现在觉得很便宜,很值。想那时我是带薪上学,每月的工资只有四十二元半,四大本书买下来,八元钱,占一个月工资的四分之一了。日子过得飞快,已经将一切变得面目皆非,别说一本书了,价格只是变化中最容易看得见的浅表外层。关键是书的内容没有一点儿变化,和这个风云变幻的世界做着有意思的对比，看来这个世界上还是有恒定不变的东西。

疫情暴发以来，一晃竟已经快三年。这三年来，大部分的时间宅在家里，这大部分时间中的一多半，是靠读书来打发的，书让单调寂寥的日子有了点儿色彩或意思。年纪的关系，精力所限，兴趣所致，疫情之前几年，我就已经不怎么再读小说，尤其是不再读长篇小说。这三年来，有了大把大把难以打发的时间，才又拿起了阔别的长篇小说。

想想这三年，主要读了这三部长篇小说，一年一部：2020年，三岛由纪夫的《金阁寺》；2021年，罗曼·罗兰的《约翰·克利斯朵夫》；2022年，肖洛霍夫的《静静的顿河》。都是旧小说。《约翰·克利斯朵夫》是重读，另两部是新读。有意思的是，《约翰·克利斯朵夫》重读出更多励志的意思。而另外两部却都是动荡变化的时代转折中，个人绝望的悲剧，只是表现的形式不一样。《金阁寺》是精神的坍塌，《静静的顿河》是普通人最基本生存愿望的崩溃，两者表现了人生悲剧形而上与形而下的两极。就写法相比较而言，《金阁寺》线条精细，情节浓缩，象征意味更浓；《静静的顿河》更丰富多样，更斑驳复杂，更逼近现实与人心。

读中学的时候，看过电影《静静的顿河》，只看了一部，只记得阿克西尼亚挑着水桶，格里高利骑着马，两人顿河畔调情，再有就是歪脖儿的娜塔莉亚，其他什么也没记住，根本没有看懂。读大学时买了《静静的顿河》，只读了第一部的一半，就读不下去了，是心太浮躁，更是没有读懂。

不知为什么，今年却读得津津有味，一直读到最后，竟然有种意犹未尽乃至惊心动魄的感觉。特别是读到最后，阿克西尼亚死后，格里高利埋葬了她，春天早晨的太阳升起来，格里高利看见的是一片黑色的太空和黑色的太阳，那一段极为被人称道的精彩描写，忍不住又往前翻了几页，找到了，就在前一天，阿克西尼亚跟随格里高利连夜逃亡到顿河岸边，疲惫不堪的格里高利躺在草地上睡着了，她还温婉地想起了哥萨克动人的民歌，还有心情用野花编织了一个花冠，最后又把几朵粉红色的野蔷薇花插在花冠上，放在格里高利的头前。一切的美好，这么快，转瞬之间，就这样残酷地结束了。

肖洛霍夫在这第一段写下这样一句话，极其朴素："现在他再没有什么忙的必要了，一切都完了。"

肖洛霍夫接着还写了这样两句话，用了一个比喻："格里高利的生活变得像被野火烧过的草原一样黑了。他丧失了心上认为是最宝贵的东西。"

我的脑海里忽然掠过这样一句诗，随手写在这一页的空白处：

伤心枪下春草绿，
曾是硝烟飘又来。

是的，我想起了眼前的战争，乌克兰的土地上战火未断。

当年，格里高利也曾经驰马挥刀，将战火魔魇般燃烧到那里。

战争，将格里高利的心灵扭曲，将他的生活变形，将他的爱情葬送，将他的命运推向彻底的崩溃。当然，这里有战争发生的历史原因和时代背景的介入，有哥萨克民族性格的因素，也是格里高利自身的思想局限和行为所致。但是，诸多因素中，战争，无疑是首要的。

如果没有战争，格里高利会怎么样？

如果没有战争，我们的这个世界会怎么样？

我想起书中有过一段格里高利和儿子米沙特加关于战争争论的描写。我又往前翻书，翻到了这一段。

肖洛霍夫写道："他不喜欢跟孩子谈论战争，但是米沙特加却觉得战争是世界上最有兴趣的事情。他时常用各种问题纠缠父亲，如怎样打仗啦，红军是什么样的人啦，用什么打死红军啦，以及为什么打死他们，等等。"

这些简单天真的问题，格里高利回答不上来。但是，米沙特加却步步紧逼，一直问道：好爸爸，你在打仗时杀过人吗？杀人的时候害怕吗？杀死他们的时候流血吗？流很多血吗？比杀鸡的时候或者杀羊的时候流的血多吗？……

这一连串如机枪扫射的问话，格里高利如何回答？他只是愤怒又无奈地冲着米沙特加高喊：不许再谈这个！

他的母亲也冲着米沙特加喊：又生了一个刽子手！上帝宽恕，宝贝儿，你为什么心里总想谈这个可恶的打仗的事儿呢？

但是，米沙特加的回答，让格里高利和母亲都没有料到，更让我听了胆战心寒。

米沙特加说：不久以前我看见爷爷宰了一只羊，我并不害怕……可能有一丁点儿害怕，可是不要紧了！

米沙特加每次谈到战争的时候，格里高利就感到心里的惭愧。他不想让儿子想到战争，但是战争每天每天都要人想到它。每天每天啊！这就是格里高利父子两代人面对的触目惊心的现实。

这一段只有一页半的描写，我觉得是全书最精彩的书写之一。我反复读了几遍，每次读，都有一种惊心动魄的感觉。战争的阴影，竟然深刻影响并塑造了一个小小孩子的身心。从害怕——到不要紧了——到最有兴趣，战争对于一个孩子心理与成长历程潜在的渗透、衍化和遗传，是多么地可怕！

读这部小说的同时，我也看了三集气势恢宏的电影，听了李野墨一百二十回深沉苍郁的广播。可惜，都把这段删掉了。

阿克西尼亚死后，格里高利往家里走，过顿河的时候，把枪支子弹一切武器都丢尽在河里。丢尽了，兵甲就洗尽了吗？删掉了，记忆就不在了吗？

合上《静静的顿河》的最后一页，心情有些沉重。我走上了丹陛桥，往南，穿过成贞门，走到圜丘。不知为什么，此刻，我忽然想到圜丘看看。虽然，我常来天坛，圜丘，我已经有一年半没有来了。

走上三层一共二十七级汉白玉的台阶，来到圜丘。当年，皇帝跪拜祭天，就在这里。它应该是天坛的中心，而非祈年殿。但是，它和祈年殿一样讲究，和祈年殿一样，也分为上中下三层，每层由汉白玉砌成，下层石栏一百八十个，中层石栏一百零八个，上层石栏七十二个，一共为三百六十个，合一年三百六十日，周天三百六十度，全部建筑具有几何数字的精确无误。每层台基，各为九层，也是讲究备至，暗合九天九册九族九畴九章九九消寒图这些我国民族传统之说。九是我国古代讲究的最大数，也就是天数，内含着对天的敬畏。在这里，天至尊无上，超越权力财力等一切之上。

圜丘中央一块圆形的石板，便是天心石。人站在上面一叫唤，声音在四周回荡。据说，人站在天心石上喊出的声音，比在别处都要响亮。天风猎猎中，四周荡漾着的回声，已经不再是你自己的声音，而是天的声音。

站在天心石上，喊出自己的声音，倾听天的声音，便是普通人到天坛来必须的节目与礼数，即对于天的敬畏与祭奠。

一年半前，我是陪中央电视台的人一起来这里的。他们要拍世界文化遗产的系列电视片，第一部拍天坛。年轻的导演看了我的《天坛六十记》，找到我，希望我能协助他们拍摄。绕着天坛，转了一圈，我对他们说应该拍一下圜丘，拍一下天心石。于是，我们一起来到圜丘。正是春天，圜丘上人很多，站在天心石上试一试自己声音的回声大小的人很多。趁着前面的人刚刚离开，我一步跨到天心石上，看到正对面人群中站着一对母女，小姑娘也就五六岁，非常可爱，正张大一双明亮的眼睛望着我。我招呼她过来，她立刻高高兴兴地跑了过来，我对她说：

待会儿我们一起喊——天坛,我们来啦!好不好?她点点头。然后,我们挥动着手臂,齐声高喊:天坛,我们来啦!声音回荡,荡漾到很远。对面祈年殿深蓝色的瓦顶,在阳光下溢彩流光,巍巍地注视着我们。

今天,圜丘上的人不多。天心石上空荡荡的。我的耳边还回荡着小姑娘清脆的声音。

我想起了和那个小姑娘差不多大的格里高利的儿子米沙特加。

如果他能来到这里,站在天心石上,会喊出什么呢?

如果我和小姑娘再一起站在天心石上,时过境迁之后,会喊出什么呢?

2020年4月底—2022年10月底写毕于北京

图书在版编目 (CIP) 数据

天坛新六十记 / 肖复兴著. — 北京：北京十月文艺出版社，2024.3
ISBN 978-7-5302-2344-4

Ⅰ. ①天… Ⅱ. ①肖… Ⅲ. ①散文集—中国—当代 Ⅳ. ① I267

中国国家版本馆 CIP 数据核字 (2023) 第 228727 号

天坛新六十记
TIANTAN XIN LIUSHI JI
肖复兴　著

出　　版	北 京 出 版 集 团	
	北京十月文艺出版社	
地　　址	北京北三环中路 6 号	
邮　　编	100120	
网　　址	www.bph.com.cn	
发　　行	新经典发行有限公司	
	电话 010-68423599	
经　　销	新华书店	
印　　刷	河北鹏润印刷有限公司	
版　　次	2024 年 3 月第 1 版	
印　　次	2024 年 3 月第 1 次印刷	
开　　本	880 毫米 ×1230 毫米　1/32	
印　　张	9.5	
字　　数	190 千字	
书　　号	ISBN 978-7-5302-2344-4	
定　　价	68.00 元	

如有印装质量问题，由本社负责调换
质量监督电话　010-58572393

版权所有，未经书面许可，不得转载、复制、翻印，违者必究。